# Bist du ein echter Potterhead?

## Unnützes Wissen & magische Fun Facts

W0400370

EMF

EIN BUCH DER
EDITION MICHAEL FISCHER

# Inhalt

# Unglaubliche Bücherwelt

Willkommen in der magischen Welt der Harry-Potter-Bücher! Begib dich auf eine spannende Reise, erfahre neue, fantastische Fakten rund um deine Lieblingscharaktere und erkunde die Geschichte und Hintergründe der Zaubererwelt, die Joanne K. Rowling in ihren Büchern erschuf. Und wo könnte man damit besser beginnen als in der berühmtesten Zauberer-Schule aller Zeiten?

# Quick Facts

## Die großen Erfolge der Harry-Potter-Bücher

Als „Harry Potter und die Heiligtümer des Todes“ herauskam, war der letzte Band um die Abenteuer von Harry und seinen Freuden das am schnellsten verkaufte Buch aller Zeiten. Am ersten Tag gingen über 11 Milllionen Exemplare über die Theken der Buchhandlungen.

In das erste Buch hatten die Herausgeber allerdings noch nicht so viel Vertrauen. „Harry Potter und der Stein der Weisen“ wurde zunächst nur 500-mal gedruckt.

Eine dieser seltenen Erstausgaben ist dafür heute sehr viel Geld wert. Bei einer Auktion im Jahr 2014 zahlte ein Fan dafür über 11.000 Pfund. Heute ist das Buch sogar noch mehr wert.

Band eins der Buchreihe wurde in etwa 80 Sprachen und Dialekte übersetzt. Man kann das Buch sogar auf Latein, Altgriechisch, Schottisch und Esperanto lesen!

Rowling ist der einzige Mensch, der mit dem Schreiben von Büchern zur Millionärin geworden ist. Ihr Vermögen wird auf etwa 770 Millionen Euro geschätzt.

Das Manuskript des letzten Bandes wurde mit Spannung erwartet und die Gefahr war groß, dass es vorab „geleakt“ werden könnte. Aus diesem Grund wurde das Buch unter den Tarntiteln „Edinburgh Potmakers“ („Edinburgher Töpfer“) und „The Life and Times of Clara Rose Lovett: An Epic Novel Covering Many Generations“ („Das Leben und die Zeit der Clara Rose Lovett: Ein epischer Roman, der viele Generationen umspannt“) versendet. Klingt jetzt nicht so packend.

# Die Schule für Hexerei und Zauberei

**Seit Hogwarts, die Schule für Hexerei und Zauberei, von Rowena Ravenclaw, Helga Hufflepuff, Godric Gryffindor und Salazar Slytherin gegründet wurde, hat sich im Schloss so einiges getan. Rund um das Gelände wurden Sicherheitsvorkehrungen getroffen, Hauselfen eingestellt, Gemeinschaftsräume eingerichtet ... Und obwohl es so viel Spannendes zu erkunden gibt, hat außer Hermine anscheinend niemand das Schulbuch „Geschichte Hogwarts" gelesen. Mal schauen, ob wir dir das Thema nicht ein wenig schmackhaft machen können.**

## DER HOGWARTS-EXPRESS

Sicher, der Hogwarts-Express ist super! Aber stell dir mal vor, auf wie viele andere Arten man auch noch zur Schule reisen könnte! Mit dem Besen über die schottischen Hügel sausen, per Portschlüssel superschnell da sein oder auf einem Thestral oder vielleicht sogar auf einem Drachen auf dem Schlosshof landen! Tatsächlich haben das viele Schüler auch genauso gemacht, bevor es den Hogwartsexpress gab. Manche waren sogar so mutig, zu apparieren! Du kannst dir vorstellen, dass das nicht immer gut ausgegangen ist. Selbst das Reisen mit dem Portschlüssel ist vielen Schülern nicht gut bekommen. Viele waren die ersten Schultage über portschlüsselkrank und mussten auf der Krankenstation bleiben. Außerdem wurden die Schüler bei der Anreise mit dem Besen oder auf einem magischen Geschöpf leider häufig von Muggeln gesichtet.

Um dieses Chaos am Tag der Anreise zu vermeiden, wurde in den 1850er-Jahren der Hogwarts-Express in Betrieb genommen und das Gleis 9 ¾ mit seinem versteckten Portal eröffnet. Trotzdem kommt es auch heute noch am 1. September immer wieder zu kleinen Vorkommnissen mit bissigen Büchern und entflogenen Eulen. Aus diesem Grund postiert das Zaubereiministerium immer ein paar unauffällig gekleidete Mitarbeiter am Bahnhof, die im Notfall die Erinnerung von Muggeln verändern, die zu viel gesehen haben.

## DIE PASSWÖRTER ZU DEN GEMEINSCHAFTSRÄUMEN

Nach einem langen und anstrengenden Schultag entspannt man am besten noch ein wenig am Großen See oder im Gemeinschaftsraum. Doch in Letzteren hineinzukommen, kann schon mal zu einer Herausforderung werden. Wie groß diese Hürde ist, kommt ganz darauf an, in welches Schulhaus man gehört!

Hufflepuffs müssen einfach nur ihrer Nase bis in den Kellergang folgen, in dem sich auch die Schulküche befindet. Der Zugang zum Gemeinschaftsraum befindet sich in einem der großen Fässer. Um hineinzugelangen, muss ein Hufflepuff im Rhythmus der Worte „Helga Hufflepuff" gegen das zweite Fass von unten in der Mitte klopfen.

Der Gemeinschaftsraum der Slytherins befindet sich auch unterirdisch, allerdings im ungemütlicheren Teil, in dem sich auch die Kerker befinden. Er liegt hinter einer kargen Steinmauer und öffnet sich mithilfe eines Passworts, das sich regelmäßig ändert.

In einem der zahlreichen Türme des Schlosses befindet sich der Gemeinschaftsraum der Gryffindors. Sein Zugang liegt im siebten Stock und ist durch ein Passwort gesichert, das von der Fetten Dame in ihrem Porträt abgefragt wird. Auch dieses ändert sich regelmäßig.

Besonders schwer wird es den Schülern gemacht, die zum Haus Ravenclaw gehören. Bevor sie sich eine Mütze voll Schlaf gönnen dürfen, müssen sie noch ihre überdurchschnittliche Intelligenz unter Beweis stellen: Jedes Mal, wenn jemand Einlass sucht, stellt der Türklopfer in Form eines Adlers der davor stehenden Person ein neues Rätsel. Richtig fies!

## DIE SCHULGEISTER VON HOGWARTS

Die Graue Dame, eigentlich Helena Ravenclaw, wurde vom Blutigen Baron getötet, der einst einer ihrer Verehrer gewesen war. Aus Scham und Trauer erstach er sich im Anschluss an diese Tat selbst.

Sir Nicholas de Mimsy-Porpington wollte zu Lebzeiten seiner Angebeteten die Zähne begradigen und ließ ihr aus Versehen Stoßzähne wachsen. Für dieses unverzeihliche Vergehen wurde er zum Tode verurteilt und schwebt heute als Fast Kopfloser Nick durch Hogwarts.

Der Blutige Baron ist dir sicher als Hausgeist von Slytherin sehr vertraut. Umso erstaunlicher ist es, wenn man sich einmal überlegt, dass er (und auch die Graue Dame) zur allerersten Generation von Hogwartsschülern gehörte und sieben Jahre lang von Salazar Slytherin unterrichtet wurde.

Der Fette Mönch, seines Zeichens Hausgeist von Hufflepuff, wurde hingerichtet, weil er Menschen von den Pocken heilte und die merkwürdige Angewohnheit hatte, Hasen aus dem Messkelch zu ziehen.

Geister können nicht auf die andere Seite übergehen, also nicht richtig sterben, weil es etwas gibt, was sie in ihrem Leben nicht mehr erledigen konnten und was ihnen keine Ruhe lässt. Normalerweise sind das ziemlich gute Gründe, doch es gibt natürlich auch immer eine Ausnahme von der Regel: Die Maulende Myrte ist zum Beispiel als Geist zurückgekehrt, um sich an ihrer Mitschülerin Olive Hornby zu rächen, die sie während ihrer kurzen Schulzeit schikanierte.

Rowling hatte noch weitere Hausgeister in petto, die leider nie ihren großen Auftritt in den Büchern erhalten haben. Sie bereut besonders, einen bestimmten davon nicht umgesetzt zu haben: ein fetter Adliger aus dem viktorianischen England namens Edmund Grubb (er starb beim Verzehr von giftigen Beeren) sollte den Schülern auflauern und ihnen aus Neid den Zutritt zum Speisesaal verweigern.

Nach einem fehlgeschlagenen Versuch des damaligen Hausmeisters, den Poltergeist Peeves einzufangen, kam es 1876 zu einer dreitätigen Evakuierung des Schlosses, die dazu führte, dass die damalige Schulleiterin Eupraxia Mole ihm einen Vertrag mit Sonderrechten zubilligte, die ihm bis heute unter anderem erlaubt, einmal die Woche eine Runde in den Jungstoiletten im ersten Stock zu schwimmen und sich zu Wurfzwecken Brot aus der Küche zu nehmen. Außerdem forderte er einen neuen Hut, der ihm ebenfalls gewährt wurde.

# Quick Facts

## Hogwarts

Es gibt in Hogwarts genau 142 Treppen, die ihre Richtung verändern können.

Laut Rowling existieren neben den drei großen europäischen Zauberer-schulen Hogwarts, Beauxbatons und Durmstrang noch acht weitere registrierte Zaubererschulen welt-weit, von denen Uagadou im Grenz-gebiet von Uganda und dem Kongo, Mahoutokoro in Japan, Castelobruxo in Brasilien und Ilvermorny in den USA bekannt sind.

Im Buch „Geschichte Hogwarts“ kann man nachlesen, dass auf dem gesamten Schulgelände keine elektrischen Geräte funktionieren, weil zu viel Magie in der Luft liegt.

Der Gebrauch des Zaubertranks Felix Felicis ist bei Wettbewerben und Prüfungen strengstens verboten.

In einem Turm, der von keinem Schüler je betreten wurde, liegt auf einem Tisch das in schwarzes Drachenleder gebundene Buch der Zulassung, daneben befindet sich ein leeres Tintenfass mit der Feder der Akzeptanz. Diese beiden Gegenstände wurden von den Gründern erschaffen, um die Kinder auszuwählen, die in Hogwarts zugelassen werden. Sobald ein Kind das erste Mal Magie ausübt, trägt die Feder mit einer mysteriösen silbernen Flüssigkeit seinen Namen in das Buch ein.

Der Posten des Lehrers im Fach „Verteidigung gegen die dunklen Künste“ wurde von Tom Riddle verflucht, nachdem ihm die Stelle zum zweiten Mal von Dumbledore verweigert wurde.

Die Schulhäuser symbolisieren die vier Elemente; Gryffindor steht dabei für Feuer, Hufflepuff für Erde, Ravenclaw für Luft und Slytherin für Wasser.

# Quick Facts

## Hogwarts

Das Schulmotto „Draco dormiens numquam titillandus“ ist Latein und bedeutet übersetzt „kitzle niemals einen schlafenden Drachen“. Sicherlich ein weiser Rat!

Die Namen der vier Häuser fielen Rowling während einer Flugreise ein. Um sie nicht zu vergessen, notierte die Autorin sie auf einer Spucktüte, die in Flugzeugen gegen Reiseübelkeit zur Verfügung stehen.

Pflichtfächer in der ersten Klasse sind: Verwandlung, Zaubertränke, Geschichte der Zauberei, Zauberkunst, Kräuterkunde, Astronomie und Verteidigung gegen die dunklen Künste.

Die Schule wurde im 10. Jahrhundert gegründet und ist damit über 1000 Jahre alt.

Für Muggelaugen sieht die Schule aus wie eine verfallene und wenig einladende Burgruine.

Die Schlafräume von Jungen und Mädchen sind getrennt. Damit sich keine unerwünschten Gäste einschleichen können, verwandelt sich die Treppe zum Mädchenschlafsaal in eine Rutsche, wenn sie ein Junge betritt.

Ein berühmter Hogwarts-Absolvent ist der Zauberer Merlin. Er besuchte das Haus Slytherin und wurde später ein wichtiger Berater von König Artus.

# Wissenswertes zu unseren Lieblingsfiguren

**Die Welt von Harry Potter lebt von den zahlreichen exzentrischen und einzigartigen Charakteren. Um ihre Figuren besser zu verstehen, entwarf J. K. Rowling für viele von ihnen ausführliche Hintergrundgeschichten. Im Folgenden findest du eine Auswahl an spannenden Fakten, die du vielleicht noch nicht über Professor Dumbledore, die Familie Potter und andere tolle Figuren wusstest.**

## LEHRER VON HOGWARTS

Gilderoy Lockhart, der kurze Zeit als Lehrer im Fach „Verteidigung gegen die dunklen Künste" angestellt war, grub als Schüler seinen eigenen Namen in sechs Meter großen Buchstaben in den Rasen des Quidditchfeldes und schickte sich selbst achthundert Valentinskarten. Da zeigt sich wieder seine charakteristische Bescheidenheit.

Professor McGonagall war dagegen lieber über dem Quidditchfeld unterwegs: Sie war als Schülerin eine ausgezeichnete Quidditchspielerin für Gryffindor und unterstützt auch als Lehrerin weiterhin leidenschaftlich ihre Hausmannschaft. Sie war es auch, die Harrys Talent als Sucher erkannte und ihm den Nimbus 2000 schenkte.

Hättest du übrigens gewusst, dass die unabhängige, kluge und auf ihre Weise herzliche Hogwarts-Professorin Minerva McGonagall verheiratet war? Die Ehe mit Elphinstone Urquart war sehr glücklich, aber leider nur von kurzer Dauer. Die beiden lebten von 1982 bis 1985 gemeinsam in Hogsmeade, bis Elphinstone an einem Biss der Giftpflanze Venomous Tentacula verstarb. Wir hätten ihr wohl alle ein etwas längeres Liebesglück gewünscht!

Dolores Umbridges Mutter war ein Muggel, ihr Bruder ein Squib. Trotz ihrer unmagischen Herkunft gibt sie sich als Reinblüterin aus und versucht mit aller Macht, ihre Herkunft zu vertuschen, da sie „Schlammblüter" und muggelgeborene Zauberer und Hexen verachtet.

Jeder hat vor etwas Angst. Aber wusstest du, dass der Irrwicht des riesenhaften Wildhüters Hagrid Lord Voldemort darstellt? Nicht jeder bekommt die Gelegenheit, seiner größten Angst käpfend ins Auge zu sehen und zu siegen.

Hagrid wurde im zweiten Jahr der Schule verwiesen und ihm wurde das Zaubern verboten. Bekanntlich trägt er aber gerne einen äußerst nützlichen rosa Regenschirm mit sich. Hättest du gedacht, dass es ausgerechnet der Schulleiter Professor Dumbledore war, der Hagrids zerbrochenen Zauberstab wieder reparierte?

Silvanus Kesselbrand, der vor Hagrid als Lehrer im Fach „Pflege magischer Geschöpfe" tätig war, stellte einen eher unangenehmen Rekord auf: Seine Anstellung stand genau 62-mal auf dem Prüfstand. Im Laufe seiner Karriere verlor er außerdem mehrere Körperteile an die magischen Tierwesen, die er betreute, sodass ihm Professor Dumbledore zu seinem Renteneintritt einige verzauberte Prothesen schenkte und ihm wünschte, er möge sich noch einige Jahre an seinen verbleibenden Gliedmaßen erfreuen können.

Das Schulfach „Geschichte der Zauberei" wird von einem Geist unterrichtet. Professor Binns entschlief eines Abends friedlich in seinem Sessel im Lehrerzimmer und schwebte am nächsten Morgen einfach wieder zum Unterricht.

## PROFESSOR DUMBLEDORE

Sein voller Name lautet Albus Percival Wulfric Brian Dumbledore und er trägt den Titel „Orden des Merlin erster Klasse, Hexenmeister, Ganz Hohes Tier, Mitglied der Internationalen Vereinigung der Zauberer."

Dumbledores Patronus ist ein Schwan.

Jeder weiß, dass Dumbledore ein wahrhaft talentierter Zauberer ist! Doch er ist auch ein exzellenter Forscher und Alchemist. Wusstest du zum Beispiel, dass er die zwölf Verwendungszwecke von Drachenblut entdeckt hat? Leider erfahren wir aus den Büchern bloß, dass man es hervorragend als Ofenreiniger einsetzen kann.

Dumbledores Vater saß wegen Mordes an Muggeln im Zauberergefängnis Askaban ein und starb auch dort.

Bevor er Schuldirektor wurde, war Dumbledore in Hogwarts als Professor für das Fach Verwandlung angestellt.

Dumbledore hat ein Porträt von Gandalf dem Grauen an der Wand in seinem Schulleiterbüro hängen.

Dumbledore war als Schüler mit Elphias Doge befreundet, obwohl dieser unter den Folgen einer Infizierung mit Drachenpocken litt und von anderen gemieden wurde.

Laut J. K. Rowling würde auf Dumbledores Beerdingung das Lied „My Way" von Frank Sinatra gespielt werden.

## DIE POTTERS

Harrys Familienstammbaum lässt sich bis ins 12. Jahrhundert zurückverfolgen.

Der Stammvater der Potter-Dynastie, Linfred von Stinchcombe, war bekannt als Heiler und töpferte mit großer Begeisterung allerlei Übertöpfe für seine Pflanzen. Deswegen trug er auch den Spitznamen „the Potterer" („der Töpfer"), was später zu „Potter" verkürzt und als Familienname eingesetzt wurde.

Eine Vorfahrin Harrys ist Iolanthe Peverell, die Hardwin Potter heiratete. Damit sind Harry und Lord Voldemort entfernt verwandt, da beide von einem der drei Peverellbrüder abstammen. Die Peverells gelten als die Familie, von der das Märchen der Heiligtümer des Todes handelt und seit Generationen wird je eines der Heiligtümer in den Familien Potter und Gaunt vererbt: Der Tarnumhang ging an Harry, der Stein der Auferstehung gehörte Lord Voldemorts Großvater Vorlost Gaunt.

Auch wenn die Potters zu den ältesten Zaubererfamlien Englands gehören, stehen sie nicht auf der Liste der „Unantastbaren Achtundzwanzig", also der Liste der absolut reinblütigen Familien. Der offizielle Grund hierfür ist, dass „Potter" ein viel zu ordinärer Muggel-Nachname ist. Wahrscheinlicher ist jedoch, dass der wahre Grund der ist, dass Harrys Urgroßvater Henry Potter sich öffentlich gegen die Entscheidung des damaligen Zaubereiministers ausgesprochen hatte, dass Zauberer und Hexen während des Ersten Weltkriegs den Muggeln nicht zur Seite stehen durften. Die grundsätzlich muggelfreundliche Einstellung der Familie Potter machte sie eher zu Außenseitern unter den reinblütigen Zaubererfamilien.

Harrys Großvater Fleamont Potter konnte durch die Erfindung von „Seidenglatts (magischem) Haargel" das Familienvermögen vervierfachen.

Sirius Black wohnte eine Zeitlang bei James' Eltern, nachdem er sich mit seiner Familie überworfen hatte.

## DIE WEASLEYS

Im Gegensatz zu den Potters steht die Familie von Harrys bestem Freund Ron Weasley im sogenannten „Reinblüterregister“. Und das, obwohl sie Muggeln ebenfalls freundschaftlich gesinnt und an ihrer Lebensart ganz besonders interessiert sind. Aber wenn der anonyme Verfasser allzu streng gewesen wäre, hätte sicher bald gar kein Name mehr auf seiner „Liste der Unantastbaren“ gestanden!

Fred und George, Rons ältere Zwillingsbruder, sind in der ganzen Schule dafür berüchtigt, die besten Streiche zu spielen, von denen so gut wie niemand verschont bleibt. Wie passend also, dass die beiden am 1. April Geburtstag haben, dem höchsten Feiertag aller Schelme!

Nach der großen Schlacht um Hogwarts arbeitet Ron zunächst zwei Jahre lang als Auror des Ministeriums. Danach steigt er aber Im Geschäft „Weasleys Zauberhafte Zauberscherze“ seines Bruder George mit ein, um diesen zu unterstützen.

Dass Molly Weasley in der großen Schlacht um Hogwarts große Verantwortung zuteil wird, war J. K. Rowling ganz besonders wichtig. Sie wollte damit deutlich machen, dass es alles andere als ein Zeichen von Schwäche ist, Hausfrau und Mutter zu sein. Schließlich ist Molly eine derart fähige Hexe, dass sie sogar in der Lage ist, die gefürchtete Bellatrix Lestrange zu töten.

Stell dir eine Welt ohne Arthur Weasley vor! J. K. Rowling hatte ursprünglich vor, in der Schlacht um Hogwarts einen weiteren Weasley sterben zu lassen. Sie entschied sich aber dagegen, denn sie wollte ihre Zaubererwelt nicht um die einzige positive Vaterfigur bringen, die sie bevölkerte. Snapes Tod war zwar nicht weniger tragisch, doch für die bereits leidende Weasley-Familie sicherlich besser zu verkraften!

Nach ihrem Schulabschluss wurde Ginny Weasley professionelle Quidditchspielerin bei den Holyhead Harpies. Später arbeitete sie als Sportkorrespondentin für den „Tagespropheten“.

## DIE RUMTREIBER

Um ihrem Freund Remus beizustehen, lernen James, Sirius und Peter, sich in nicht registrierte Animagi zu verwandeln, nämlich in einen Hirsch, einen Hund und in eine Ratte. Das ist eine wirklich beachtliche Leistung, wenn man bedenkt, dass dies eine der am schwierigsten zu erlernenden magischen Fähigkeiten ist und in sehr vielen Fällen nach hinten losgeht!

Zusätzlich schufen die vier Freunde mit vereinten Zaubererkräften die „Karte des Rumtreibers", auf der sie immer nachverfolgen konnten, wer sich gerade wo im Schloss aufhielt.

Wusstest du, dass die „Karte des Rumtreibers" bereits verrät, wann die Rumtreiber im Laufe der Bände sterben? Nämlich in umgekehrter Reihenfolge, als sie beim Aktivieren der Karte erscheinen: Als Erster stirbt Harrys Vater („Krone"), nach ihm Sirius Black („Tatze"), als Dritter Peter Pettigrew („Wurmschwanz") und als Letzter Remus Lupin („Moony").

In „Harry Potter und der Gefangene von Askaban" weigert sich Prof. Trelawney, sich an einen Tisch zu setzen, an dem bereits zwölf andere Leute sitzen, da bei dreizehn Leuten derjenige sterben wird, der als Erster aufsteht. Ron trug zu diesem Zeitpunkt Krätze, also Peter Pettigrew, in seiner Tasche bei sich. Somit saßen also bereits dreizehn Leute am Tisch beisammen. Als Dumbledore aufsteht, um Trelawney seinen Platz anzubieten, ist dies also eine Vorausdeutung seines nahenden Todes. Auch in „Harry Potter und der Orden des Phönix" sitzen in Sirius' Haus dreizehn Menschen zusammen an einem Tisch, von dem wiederum er selbst als Erster aufsteht.

## DIE DURSLEYS

Jeder, der Harry Potter liebt, hasst wohl in gleichem Maß die Familie, bei der er aufwächst: die Dursleys. Harry durchlebt bei ihnen eine Kindheit voller Abneigung und Schikane. Doch wusstest du, dass es, laut einer Fantheorie, vielleicht einen Grund für die Abneigung der Dursleys gibt, von dem bisher niemand etwas geahnt hat? Im Laufe des letzten Bandes erfahren die Leser, dass Harry selbst ein Horkrux war. Und weißt du noch, was es mit ihm, Ron und Hermine gemacht hat, als sie abwechselnd den Horkrux im Medaillon von Slytherin bei sich trugen? Richtig, er bringt ihre schlimmsten Seiten zum Vorschein. Die Dursleys haben also jahrelang mit einem Horkrux in ihrem Haus gelebt, was auch erklären könnte, warum sie – abgesehen von Petunias Neid auf ihre Schwester – derart gemein zu ihm gewesen sind!

Nachdem Petunia Dursley starb, bekam Harry die Decke zurück, in die er als Baby eingewickelt vor ihrer Tür abgelegt worden war. Sie hatte sie anscheinend all die Jahre lang aufbewahrt.

Lily, Harrys Mutter, und ihre große Schwester Petunia standen sich als Kinder noch sehr nahe. Trotzdem litt Petunia darunter, dass Lily als Hexe anders und in ihren Augen für alle auch etwas Besseres war als sie selbst. Sie verließ deswegen sogar ihre Familie und ihren Heimatort Cokeworth. Danach standen sie und Lily zwar weiterhin in engem Kontakt, aber als Petunia sich mit dem vollkommen normalen Vernon Dursley verlobte und Lily nicht die Trauzeugin sein durfte, kam es zum endgültigen Bruch zwischen den beiden. Wie unglaublich traurig!

Dudley Dursley, Harrys Cousin, sollte im Epilog des letzten Buches sein eigenes magisches Kind ans Gleis 9 ¾ bringen, doch Rowling hielt es für unrealistisch, dass Magie in diesem Teil des Stammbaums erhalten geblieben ist.

J. K. Rowling bereut es, dass Vernon Dursleys große Schwester in den Büchern Bulldoggen züchtet. Allein vom Aussehen her glaubte sie, diese Rasse könnte zu Tante Magdas unsympathischer Art passen. Doch heute weiß sie, dass hinter der griesgrämigen Fassade dieser Hunde eine besonders liebenswerte Seele steckt.

Harry erreicht und verlässt die Dursleys mit Hagrid auf dem fliegenden Motorrad seines Paten Sirius.

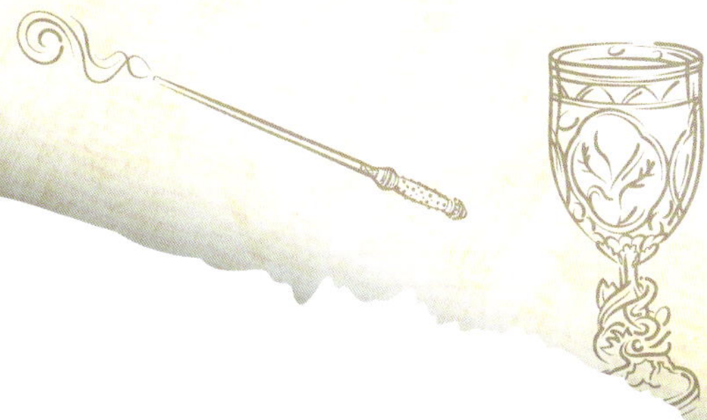

## LORD VOLDEMORT

Wir alle wissen, dass Lord Voldemort – oder Tom Riddle, wie er mit bürgerlichem Namen heißt – ein Mensch voller Hass und Abscheu ist, der in seinem Bestreben nach Macht schon über sehr viele Leichen gegangen ist! Doch wusstest du auch, dass seine Eltern an all dem schuld sind, auch wenn er diese nie kennengelernt hat? Seine Mutter, die Hexe Merope Gaunt, verführte seinen Vater, den Muggel Tom Riddle senior, mithilfe eines Liebestranks. Sobald dieser nicht mehr wirkte, verließ Riddle Merope, die bei der Geburt ihres Sohnes starb. Dass sich sein Vater nicht freiwillig auf die Beziehung mit der Hexe eingelassen hatte, ist wohl auch der Hauptgrund, warum Lord Voldemort im Laufe seines langen Lebens das Konzept von Liebe nicht verstanden hat und es nie nachempfinden konnte.

Tom Riddle war nur zwei Jahre älter als Rubeus Hagrid, der allseits beliebte Wildhüter von Hogwarts.

Zum Ende des letzten Buches ist Lord Voldemort 71 Jahre alt.

Ein Irrwicht zeigt sich jeder Person als deren eigene größte Angst. Es liegt also nahe, dass er in Gegenwart von Lord Voldemort die Gestalt seines eigenen Leichnams annimmt. Denn schließlich war sein größtes Ziel im Leben, den Tod zu besiegen.

Im ersten Band bewerfen die Weasley-Zwillinge Professor Quirrells Turban mit Schneebällen. Sie lieferten sich also unwissentlich eine Schneeballschlacht mit dem dunklen Lord!

## DIE TODESSER

Hast du dich auch schon mal über den Begriff „Todesser“ gewundert? Ob der wirklich von „essen“ kommt? Ja, tatsächlich hat er genau da seinen Ursprung. Das Wort „Death Eaters“ leitet sich ab von „Beefeaters“ („Rindfleischesser“), wie man die Leibwächter des englischen Königshauses auch nennt. Man ist sich heute nicht mehr sicher, ob der Name der Tatsache geschuldet ist, dass diese dem (zurecht) paranoiden König Henry VIII. als Vorkoster dienen mussten oder weil sie mit besonders reichhaltigen Portionen an Rindfleisch bezahlt wurden. So oder so stehen Beefeater ihrem obersten Monarchen besonders nahe, genau wie die Todesser Lord Voldemort.

Die Todesser waren in ihrer Schulzeit fast alle Slytherin zugeordnet, dem Haus Voldemorts und seines Vorfahren Salazar. Die einzige Ausnahme bildet Peter Pettigrew, auch „Wurmschwanz“ genannt, der als Gryffindor seine Freunde verriet.

Obwohl sie Voldemort und seinen Schergen sehr nahe stehen, gibt es einige Figuren, die nie offiziell Todesser waren. Zum Beispiel ist dies der Fall bei Narzissa Malfoy, die durch ihre Ehe mit dem Todesser Lucius zu den Anhängern des Dunklen Lords gezählt werden kann, und dem Werwolf Fenrir Greyback, der von Voldemort und seinen Anhängern nicht als gleichwertiges Mitglied betrachtet wurde, sondern eher als minderwertiger Handlanger.

Die Malfoys sind stolz auf ihre lange magische Familientradition und betrachten Muggel und Zauberer aus Muggelfamilien mit der größten Verachtung. Das zeigt sich auch in ihrem Familienmotto. Die lateinische Inschrift auf dem schwarz-grün-silbernen Familienbanner der Malfoys „Sanctimonia Vincet Semper“ bedeutet übersetzt: „Reinheit wird immer siegen.“

Dracos Zauberstab enthält Einhornhaar, nicht wie bei den meisten Schwarzmagiern Drachenherzfaser. Laut Rowling zeigt das, dass in Draco noch immer ein guter Kern steckt, ein Funken Güte, der noch nicht ganz erloschen ist.

# Geschichte der Zaubererwelt

**Wenn der gute alte Professor Binns nicht wäre ... dann hätte man so manche Stunde im Fach „Geschichte der Zauberei" wirklich mit Spannung verfolgen können. Denn in der langen Geschichte der magischen Gesellschaft finden sich einige überraschende Ereignisse.**

## DER BUTTERFLY EFFECT

Hast du dich schon einmal gefragt, wieso Hermine ihren Freunden Harry und Ron zunächst nichts von dem Zeitumkehrer erzählt, und warum sie auch gemeinsam so sehr darauf achten, dass niemand etwas von seinem Einsatz mitbekommt? Tatsächlich ist das vom Zaubereiministerium aus gutem Grund so vorgegeben! Sein Gebrauch wurde nämlich erst so stark reglementiert und eingeschränkt, nachdem die Hexe Eloise Mintumble mithilfe des Zeitumkehrers fünfhundert Jahre in die Vergangenheit gereist war und dort fünf Tage festgesteckt hatte. Nach ihrer Rückkehr verstarb sie innerhalb weniger Tage, da sie zu schnell zu stark gealtert war. Im Nachhinein stellte sich heraus, dass ihre Handlungen in der Vergangenheit noch weitere schwerwiegende Folgen nach sich gezogen hatten: Mindestens fünfundzwanzig ihrer nahen Verwandten waren aus der Linie gelöscht worden, da sie nie geboren wurden. Du siehst also: Einen solch gefährlichen Gegenstand sollte man nicht gedankenlos einsetzen!

## EIN UNGEWÖHNLICHES HOBBY

Die Hexe Wendeline die Ulkige wurde dafür berühmt, dass sie sich im Mittelalter rein aus Spaß in unterschiedlichen Verkleidungen insgesamt 47-mal von Muggeln als Hexe festnehmen und verbrennen ließ.

## SELTENE ZÜCHTUNG

Es ist erst zweimal in der Geschichte der Zauberei vorgekommen, dass zwei Werwölfe sich bei Vollmond getroffen und gepaart haben. Was so klingt, als wäre es guter Stoff für einen Horrorfilm, ist aber tatsächlich alles andere als gefährlich. Aus diesem Zusammentreffen gehen nämlich Wolfsjunge hervor, die von beiden Seiten eines Werwolfs nur das Beste mitnehmen. So sind sie normalen Wölfen sehr viel ähnlicher als Werwölfen und empfinden keinerlei Vorliebe für Menschenfleisch, sind allerdings sehr viel intelligenter als diese. Die Wölfe eines dieser Würfe wurden im Verbotenen Wald ausgesetzt und leben dort bis heute.

## HELD WIDER WILLEN

Das hätte ihm wohl keiner von uns zugetraut! Erinnerst du dich an Sir Cadogan, den Ritter, der auf den Gemälden von Hogwarts immer wieder in hohem Bogen von seinem Pferd fliegt und Schüler zum Duell fordert? Zu seinen Lebzeiten war dieser ein (heute vergessener) Ritter der Tafelrunde! Allerdings bestand seine heroischste Tat darin, im Kampf gegen das drachenähnliche Wyvern dieses versehentlich mit seinem zerbrochenen Zauberstab zum Explodieren zu bringen. Das hätten wir ihm wiederum ganz sicher zugetraut …

## GLEICHBERECHTIGUNG

In vielerlei Hinsicht ist die magische Welt der Welt der Muggel um einiges voraus. Zum Beispiel wurde bereits im Jahr 1798 mit Artemisia Lufkin die erste weibliche Zaubereiministerin ins Amt gewählt, wohingegen die Muggel noch etwa zweihundert Jahre länger auf Margaret Thatcher als Premierministerin warten mussten. Lufkin kämpfte beispielsweise erfolgreich dafür, dass die Quidditch-Weltmeisterschaft in Großbritannien ausgetragen wird.

## PSSSSST …

Die Frage, wie eng die Welt von Zauberern und Muggeln verbunden sein sollte, gab in der Geschichte der Zauberei immer wieder Anlass zu politischen Diskussionen. Der Zaubereiminister Perseus Parkinson, der von 1726 bis 1733 im Amt war, wurde abgewählt, nachdem er versuchte ein Gesetz durchzubringen, laut dem es illegal wäre, einen Muggel zu heiraten. Das Gesetz zur Geheimhaltung besteht dagegen seit 1689. Seitdem müssen Zauberer alles in ihrer Macht Stehende tun, damit Muggel nichts von der Magie mitbekommen, die sie umgibt.

# Quick Facts

## Magische Gegenstände

Der sogenannte Klirrer, ein kleiner Gegenstand, der beim Schütteln klingt wie das Schlagen auf einen Amboss, wird dazu genutzt, die Drachen abzuwehren, die die Verliese von Gringotts bewachen.

Ob das Porträt einer Person zum Leben erwacht, hängt nicht von der Fähigkeit des Malers ab, sondern davon, wie mächtig die abgebildete Hexe oder der abgebildete Zauberer zu Lebzeiten war.

Katzen sind allgemein sehr intelligente Tiere. Aber Hermines Kater Krummbein ist richtiggehend raffiniert. Schließlich ist er es, mit dem Sirius Black sich nachts in Hundegestalt auf dem Schulgelände trifft. Die Vermutung liegt also nahe, dass in ihm mehr als eine bloße Hauskatze steckt, unter seinen Vorfahren scheint es auch einen Kniesel gegeben zu haben, also eine magische Gattung der Hauskatze.

Hast du schon einmal darüber nachgedacht, wozu der Zauberer Godric Gryffindor überhaupt ein Schwert benötigte? Zu seinen Lebzeiten duellierten sich Muggel häufig mit Schwertern und es galt einfach als unsportlich, mit dem Zauberstab gegen einen Muggel anzutreten. Daher lernten auch Zauberer noch die Kunst des Duells mit der Waffe.

Die Zaubererwährung ist umgerechnet in Euro etwa Folgendes wert: 1 Galleone etwa 5,58 Euro, ein Sickel etwa 33 Cent und ein Knut etwa einen Cent.

# Quidditch

**Das einzige Buch, das Ron freiwillig gelesen hat, ist „Quidditch im Wandel der Zeiten“. Tatsächlich gibt es über die beliebte Zauberer-Sportart, die hoch in der Luft auf fliegenden Besen ausgetragen wird, so einige spannende Dinge zu erfahren.**

## KILLERWALD VS. QUIDDITCHFANS

Im Jahr 1809 kam es während des Finalspiels zwischen Rumänien und Neuspanien, dem heutigen Mexiko, zu einer riesigen Katastrophe. Der rumänische Spieler Niko Nenad fiel bereits in den vorherigen Spielen durch seine extremen Wutausbrüche auf (unter anderem setzte er vor Wut seine eigenen Füße in Brand und musste mehrfach davon abgehalten werden, einen Schiedsrichter zu erwürgen), weshalb seine eigenen Mannschaftskollegen versuchten, ihn vom Finale ausschließen zu lassen – leider vergeblich! Vor dem Finalspiel hatte Nenad den nahegelegenen Wald verzaubert (man geht davon aus, dass er einige Komplizen gehabt haben musste) und als einer der Klatscher in diesen hineingeschlagen wurde, erwachten sämtliche Bäume zum Leben und attackierten die zuschauenden Zauberer und Hexen. Erst nach einem siebenstündigen Kampf konnten sich diese gegen die Pflanzen behaupten. Nenad konnte allerdings wegen des Vergehens nicht mehr belangt werden, da dieser während des Kampfes von einer besonders brutalen Fichte getötet worden war.

## QUIDDITCH IM WANDEL DER ZEITEN

Quidditch kann auf eine lange und ereignisreiche Sportgeschichte zurückblicken:

Seinen Namen hat der Sport von dem Moor Queerditch Marsh, in dem im 11. Jahrhundert die ersten Spiele stattfanden.

Im Jahr 1107 erfand der Zauberer Guthrie Lochrin einen Polsterungszauber für Besenstiele, nachdem er genug von Holzsplittern im Hintern und Hämorrhoiden hatte. Heute sitzt man wie auf einem Kissen.

Bereits im Jahr 1473 wurde die erste Weltmeisterschaft ausgetragen. Allerdings sollte man das „Welt“ hier nicht zu genau nehmen, denn erst im 17. Jahrhundert wurden auch außereuropäische Mannschaften zu dem Wettkampf zugelassen.

Es gibt insgesamt siebenhundert eingetragene Quidditch-Fouls, die alle während des Endspiels der allerersten Weltmeisterschaft im Jahr 1473 begangen wurden.

Erst im Jahr 1538 wurde der Einsatz von Zauberstäben während eines Quidditch-Spiels verboten.

In einer frühen Version bestanden die Klatscher aus verzauberten Gesteinsbrocken, sogenannten Bloodern. Später wurden sie durch Metallkugeln ersetzt, da sich von den Felsbrocken häufig Kiesel lösten, die die Spielenden angriffen.

Zu Beginn der Sportart war der Schnatz keine goldene Kugel, sondern ein kleiner kolibriartiger Vogel, der so schnell davonfliegen kann, dass Muggel ihn kaum wahrnehmen. Leider wurden beim Spiel so viele der kleinen Wesen zerquetscht, dass sie bald vom Aussterben bedroht waren, weswegen man sie durch den heute noch eingesetzten goldenen Schnatz ersetzte.

Der goldene Schnatz besitzt einen sogenannten Körperspeicher, durch den er eine Art Bindung zu der Person eingeht, die ihn als Erste berührt, weswegen bei seiner Produktion alle Beteiligten Handschuhe tragen müssen und jeder Schnatz nur einmal benutzt werden kann.

Die Quidditchmannschaft Banchory Bangors wurde 1914 aufgelöst, weil die Mitglieder bei dem Trinkgelage nach dem Spiel die Klatscher freiließen und auf Drachenjagd gingen. Die Gefahr war einfach zu groß, dass sie auch in Zukunft die Aufmerksamkeit der Muggel auf sich lenken.

Neben den europäischen Teams gibt es auch vier afrikanische (Gimbi Giant-Slayers, Sumbawanga Sunrays, Tchamba Charmers, Patonga Proudsticks), ein asiatisches (Toyohashi Tengu), zwei australische (Thundelarra Thunderers und Woollongong Warriors), ein neuseeländisches (Moutohora Macaws), fünf nordamerikanische (Haileybury Hammers, Moose Jaw Meteorites, Stonewall Stormers, Fitchburg Finches und Sweetwater All-Stars) und ein südamerikanisches (Tarapoto Tree-Skimmers).

J. K. Rowling erfand die rasante Sportart nach einem Streit mit ihrem damaligen Freund. Offenbar sehnte sich etwas in ihr, dem Mann einen Klatscher auf den Hals zu jagen.

# Quick Facts

## Quidditch-Regeln

Das Regelwerk der Quidditch-WM umfasst ganze neunzehn Bände! Das heißt natürlich, dass es eine Menge witziger Regeln gibt. Da fragt man sich, was wohl passiert sein musste, damit diese Regeln eingeführt wurden.

Verletzte Quidditchspieler werden in der Regel nicht ausgewechselt. Die Mannschaft muss mit jeweils einem Spieler weniger weitermachen.

Es wurde unter anderem festgelegt, dass keine Drachen ins Stadion gebracht werden dürfen, weder als Maskottchen, Trainer noch als Tassenwärmer, und dass kein einziges Körperteil des Schiedsrichters, auch nicht auf dessen eigenen Wunsch hin, verändert werden darf.

Ein Quidditch-Spiel endet mit dem Fang des Schnatzes oder wenn beide Kapitäne sich darauf einigen.

Die zehn bekanntesten Fouls beim Quidditch sind: Flacken, Keilen, Kollern, Nachtarocken, Pfeffern, Quaffelpicken, Rempeln, Schnatzeln, Stutschen und Zockeln.

Die Europameisterschaft wird alle drei Jahre, die Weltmeisterschaft alle vier Jahre ausgetragen.

Bekannte Taktiken beim Quidditch sind unter anderem: Seestern und Stiel, Plumpton-Pass, Faultierrolle, Porskoff-Täuschung, Woollongong Shimmy und der transsilvanische Trick.

Das Fangen des Schnatzes bringt 150 Punkte, garantiert einem aber nicht automatisch den Sieg; wenn die gegnerische Mannschaft mit über 150 Punkten führt, hat man dennoch verloren.

# Literarische und historische Verweise

**Rowling studierte klassische Literatur, also Latein und Altgriechisch. Daher ist es auch nicht verwunderlich, dass sich in ihren Büchern zahlreiche Anspielungen auf die Mythologie und Sprache der Römer und Griechen finden. Aber auch von mittelalterlicher und neuerer Literatur ließ sie sich an vielen Stellen inspirieren. In der Buchwelt des Potter-Universum lassen sich also noch viele versteckte Anspielungen und spannende Fakten entdecken.**

## EIN GANZ ALTER HUT – GRIECHISCHE UND RÖMISCHE MYTHOLOGIE

In Rowlings Büchern sagen Namen oft viel über ihre Träger aus. Nehmen wir einmal als Beispiel Minerva McGonagall, Harrys Lehrerin für Verwandlung: „Minerva" lautet der Name der griechischen Göttin der Weisheit, Hüterin des Wissens. Und sicher würde niemand bestreiten, dass Professor McGonagall eine über die Maßen intelligente Frau ist. Möglicherweise ist sie aber auch verwandt mit dem Muggel William McGonagall, der in England als „schlechtester Dichter aller Zeiten" bekannt ist. Rowling fand die Vorstellung, dass eine dermaßen begabte Hexe mit einem so untalentierten Muggel verwandt sein könnte, anscheinend ziemlich witzig.

Du erinnerst dich sicher an die Geschwister Alecto und Amycus Carrow, die unter Severus Snape als Schulleiter Schüler gequält und gefoltert haben. Auch ihre Namen erzählen, bei genauerer Betrachtung, schon viel über ihren jeweiligen Charakter. „Alecto" ist der Name der griechischen Furie der Rache, die auch „die Unerbittliche" oder „die Böse" genannt wird. Und der Name ihres Bruders steht dem in nichts nach. Sein Vorbild stammt als Sohn des Poseidon ebenfalls aus der griechischen Mythologie und ist dort auch unter dem Beinamen „der Schlächter" bekannt. Na, wenn das mal nicht wie die Faust aufs Auge passt!

Auch der unbeliebte Hausmeister Argus Filch, der ständig auf der Suche nach Missetätern in der Schülerschaft ist, hat einen passenden Namen, der auf eine Figur der griechischen Mythologie verweist: Argos war ein Wächterungeheuer, dessen ganzer Körper mit Augen bedeckt war. Noch heute bewacht man sprichwörtlich etwas mit „Argusaugen", wenn man ganz genau aufpasst. Der sagenhafte Argos konnte übrigens nur mit Musik zum Einschlafen gebracht werden. Erinnert dich das an einen gewissen dreiköpfigen Wachhund?

## ROYALE VERWANDTSCHAFT

Doch Rowling hat sich nicht nur von antiker Mythologie inspirieren lassen. Auch die mittelalterliche Artussage findet ihren Widerhall in den Potterbüchern. Die (äußerliche) Ähnlichkeit Dumbledores zu dem sagenumwobenen Zauberer Merlin, Mentor und Lehrer des mächtigen König Arthus, ist alles andere als ein Zufall.

Doch neben ihm steht auch eine ganze Familie in dieser mittelalterlichen Tradition, jedenfalls wenn es um Vornamen geht: die Weasleys! Ziemlich offensichtlich ist die Anspielung bei Rons Vater Arthur, der nach der namensgebenden Figur der ritterlichen Tafelrunde, König Artus selbst, benannt wurde. Auch bei Rons Bruder Percy haben sicher viele von euch gleich die Ohren gespitzt. Sein Namensvetter Parzival saß mit an der Tafelrunde des großen Königs. Doch wusstet ihr auch, dass „Ron" der Spitzname des Speers war, den König Artus trug und der in voller Länge „Rhongomyniad" lautet? Ginnys voller Name lautet Ginevra, und wer sich ein wenig auskennt, weiß sofort, dass die berühmteste Namensträgerin König Artus Frau und Königin war.

Auch die anderen Brüder tragen Namen, die man leicht mit mittelalterlichen Herrschern in Verbindung bringen kann: Der älteste Bruder Charles ("Charlie") erinnert an Karl den Großen, und „Fred" lässt an den kriegerischen König Friedrich Barbarossa denken. Der lateinische Spitzname „Barbarossa" spielt auf den leuchten roten Bart des Herrschers an. Einen Weasley erkennt man bekanntlich schon an der roten Haarfarbe. George und William („Bill“) sind häufige Namen großer englischer Könige und Eroberer, zum Beispiel des Normannenkönigs William the Conqueror.

## FEUERTEUFEL

Der Schwarzmagier und Todesser Augustus Rookwood besitzt in der realen Welt einen Namensvetter, der auch eine gewisse Ähnlichkeit zu der Figur aufweist: Rookwood gehörte der sogenannten Pulververschwörung („gunpowder plot“) an, die im Jahr 1605 versuchte, den englischen König zu stürzen und das Parlamentsgebäude in die Luft zu jagen.

## SPIEGELBILD

Auch Einflüsse neuerer englischer Literatur finden sich in Rowlings Büchern. Wusstet ihr zum Beispiel, dass bereits in Lewis Carrols „Alice hinter den Spiegeln“ (das zweite Buch des Kinderbuchklassikers „Alice im Wunderland“) lebendige Schachfiguren auftreten? Auch das Motiv mit dem Bahnsteig, der den Übergang in die magische Welt darstellt, findet sich bereits in einem anderen Buch: in „Das Geheimnis von Bahnsteig 13“ von Eva Ibotson.

## NEUGIERIGE SPÜRNASE

Die Katze Mrs. Norris hilft dem Hausmeister Argus Filch, wo sie nur kann, beim Ausspionieren der Schüler. Da ist es also kein Wunder, dass sie ihren Namen von einer genauso neugierigen Figur erhalten hat: In „Mansfield Park“ von Jane Austen steckt die Tante Mrs. Norris auch überall ihre Nase in Dinge, die sie eigentlich nichts angehen.

# Quick Facts

## Nomen est Omen

Die Inspiration für all die fantasievollen Pflanzennamen, die in Kräuterkunde und Zaubertränke zum Einsatz kommen, wie Diptam, Flohkraut und Beifuß, entnahm Rowling einem echten Heilkundebuch aus dem 16. Jahrhundert, „Culpeper's Complete Herbal".

Harrys Eule Hedwig erhielt ihren Namen von einer Nonne aus dem 12. oder 13. Jahrhundert, die verwaiste Kinder ausbildetet und später heilig gesprochen wurde.

Fenrir Greyback ist wohl eine der unheimlichsten Figuren im gesamten Harry-Potter-Universum! Auch er hat einen sehr berühmten Namensvetter, bei dem es sich sogar um einen Artverwandten handelt: In der nordischen Mythologie ist der Fenriswolf das erste Kind des Gottes Loki.

Der Basilisk, der König aller Schlangen, oder Fluffy, der dreiköpfige Hund, der verblüffende Ähnlichkeit mit Zerberus hat, dem Hund, der angeblich den Eingang zur Unterwelt bewacht, sind beides Wesen aus der griechischen Mythologe. Und auch der Phönix ist bereits seit den alten Ägyptern bekannt dafür, nach seinem Tod aus der eigenen Asche wiederaufzuerstehen.

Hermines englischer Name „Hermione" stammt aus William Shakespeares Stück „Ein Wintermärchen". Rowling wollte unbedingt einen sehr ungewöhnlichen Vornamen mit einem äußerst langweiligen Muggelnachnamen kombinieren.

Abraxas Malfoy, Lucius' Vater, trägt einen sehr mystischen Namen! Der Begriff „Abraxas" stammt aus dem 2. Jahrhundert und bezeichnet angeblich den wahren Namen Gottes. Aus ihm leitete sich später auch das Wort „Abkrakadabra" ab.

# Versteckte Hinweise für Sprach-Nerds

**Rowling ist einfach eine begnadete Sprachkünstlerin! In ihren Büchern wimmelt es nur so von witzigen Wortspielen, cleveren Übersetzungen und sprechenden Namen. Also: Wörterbücher gezückt und mitgedacht!**

## SPRECHENDE NAMEN

Was ein sprechender Name ist, willst du wissen? Viele Figuren des Harry-Potter-Universums tragen Namen, die auf den zweiten Blick schon eine ganze Menge über ihren jeweiligen Charakter aussagen. Dolores Umbridge ist zum Beispiel ein sehr grausamer Mensch, der anderen gerne körperliche Schmerzen zufügt und sich sehr leicht über etwas aufregt (eine sehr gefährliche Kombination!). Schauen wir uns ihren Namen einmal genauer an: „Dolor" ist Latein für „Qual" oder „Schmerz" und „Umbridge" klingt wie das englische „to take umbrage", was übersetzt „an etwas Anstoß nehmen", also sich „aufregen" bedeutet. So funktionieren sprechende Namen! Lass uns mal nachschauen, was für Wortspiele und sprechende Namen noch so in den Büchern verborgen liegen!

Ein weiteres schönes Beispiel für einen sprechenden Namen ist „Remus Lupin". Harrys Lehrer für Verteidigung gegen die dunklen Künste wurde als Kind von einem Werwolf gebissen und muss sich seither zu Vollmond vor aller Welt zurückziehen. Dabei stammt sein Vorname „Remus" aus der Sage um die Entstehung Roms. Die von einer Wölfin aufgezogenen Brüder Romulus und Remus sollen 753 v. Chr. die Stadt gegründet haben. „Lupin" stammt vom lateinischen Wort „lupinus", was „wölfisch" bedeutet.

Auch ein zweiter Rumtreiber trägt einen solchen sprechenden Namen, denn „Sirius" ist ein Sternbild, das man früher auch „Hundsstern" genannt hat. „Sirius Black" ist also der „schwarze Hund".

Dracos Nachnamen „Malfoy“ kann man französisch aussprechen, also als „mal foi“, was „böser Glaube“ bedeutet. Mitte des 20. Jahrhunderts begründeten einige Philosophen das Konzept der „Bösgläubigkeit“. „Bösgläubige“ Menschen gehen davon aus, dass alles Schlechte in ihrem Leben nicht von ihnen selbst, sondern von anderen verursacht wurde. Und so verbittert und griesgrämig die Malfoys immer sind, kann man sich gut vorstellen, dass sie womöglich als Vorbild für dieses Konzept dienten.

Harrys Mutter Lily und seine Tante Petunia tragen ebenfalls jede Menge Bedeutung in ihren blumigen Namen! Die Lilie steht für Licht und Hoffnung und eine Petunie ist vor allem als unscheinbares Nachtschattengewächs bekannt.

Dumbledore ist ein altenglisches Wort für Hummel, denn Rowling hat ihn sich immer vor sich hin summend vorgestellt. Albus ist das lateinische Wort für „weiß“. Der Schuldirektor ist also dem Namen nach ein gut gelaunter weißer Zauberer.

## ÜBERSETZUNGEN

Eine andere Spielart von Rowlings Sprachaffinität, die den Übersetzer*innen weltweit ziemliches Kopfzerbrechen bereitet haben muss, sind die Anagramme in ihren Büchern. Zur Erinnerung: Ein Anagramm entsteht, wenn man aus den Buchstaben eines Wortes ein neues bildet. Das bekannteste im Harry-Potter-Universum ist sicherlich das Anagramm, aus dem der junge Lord Voldemort in „Die Kammer des Schreckens“ seinen Tarnnamen bildet. Wenn man die Buchstaben aus seinem vollen Namen *Tom Marvolo Riddle* umstellt, ergibt sich im Englischen „I am Lord Voldemort”. Damit dieses Wortspiel im Deutschen nicht verloren geht, musste in unserer Fassung der zweite Vorname geändert werden – und aus *Tom Vorlost Riddle* wird dann „ist Lord Voldemort”. In der französischen Ausgabe wird aus *Tom Elvis Jedusor* „Je suis Voldemort” und im Dänischen hört der dunkle Lord auf den witzigen Namen *Romeo Gåde Detlev Jr.*

Doch das ist nicht das einzige, wenn vielleicht auch das bekannteste Wortspiel der ganzen Reihe. Hast du dich auch schon über den seltsamen Namen des Spiegels Nerhegeb gewundert? Hier verbirgt sich ein Wort-Spiegelbild: Lies den Namen mal rückwärts! Im Englischen wird so aus „Mirror of Erised” der „Mirror of Desire” und im Deutschen aus dem Spiegel „Nerhegeb“ der Spiegel des „Begehren”.

Fast schon ein Insider ist das Anagramm, das sich hinter dem Namen „Lavender Brown” verbirgt. Schließlich ist dieser „brand new lover” (nagelneue Liebe) genau die Person, mit der sich Ron an Hermine rächen will.

Man muss sich natürlich auch immer klar machen, dass solch kreative Wortspiele oft nur sehr schwer von einer Sprache in eine andere übertragen werden können. Manchmal schossen die Übersetzer dabei übers Ziel hinaus. So wurden in den ersten Ausgaben der deutschen Übersetzung Sirius Black zunächst als Sirius Schwarz und Newt Scamander zunächst als Lurch Salamander übersetzt. Der arme Neville Longbottom bekam sogar den wenig schmeichelhaften Nachnamen „Lahmarsch“ verpasst! Gut, dass das im Nachhinein wieder geändert wurde.

Doch bei manchen funktioniert die Übersetzung auch ganz reibungslos! So wurde der Name des Autors eines wohl eher langatmigen Schulbuchs, Adalbert Waffle, einfach wörtlich mit Adalbert Schwafel ins Deutsche ubertragen.

Aus der Journalistin Rita Skeeter wurde in der deutschen Übersetzung Rita Kimmkorn. Sehr passend, schließlich wird die Zielvorrichtung einer Schusswaffe als Kimme und Korn bezeichnet. Und Rita nimmt eben alles „aufs Korn“, was ihr vor die Flinte kommt. Lob an den Übersetzer!

Wo sich jeder, der auch die englischen Bücher gelesen hat, allerdings eine kleine Träne verdrücken muss, ist bei der Übersetzung der Schulprüfungen. Im Englischen werden sie als „Ordinary Wizarding Levels“, also „O.W.L.s“, und „Nastily Exhausting Wizarding Tests“ oder auch „N.E.W.T.s“ bezeichnet, also als „Eulen“ und „Lurche“. Den deutschen Abkürzungen „ZAG“ und „UTZ“ hingegen fehlt leider jeglicher Wortwitz. Doch, ganz ehrlich, wer will es dem Übersetzer verübeln?! Versucht ihr es doch mal selbst!

Zum Glück muss bei einer Übersetzung nicht jedes Wortspiel auch in die neue Sprache übertragen werden. Vor allem bei Büchern, die in England spielen, kann man viele Begriffe auch einfach englisch belassen. Es wäre ja auch zu schade um Wörter wie den „Grimauld Place”, also den “grim old place”, den „düsteren alten Ort“, oder dessen Hauselfen Kreacher, dessen Name sich genauso anhört wie das eher abwertende „Creature“ – Kreatur.

# Quick Facts

## Aus der Übersetzungswerkstatt

In der brasilianischen Übertragung wurde das Wort „Muggle“ mit „trouxa“ übersetzt, was so viel wie „Idiot“ bedeutet. Eigentlich steckt im englischen „Muggle“ aber gar nichts Abwertendes, es heißt so viel wie „planlos“ oder „unwissend“.

Der Name des Buchladens „Flourish & Blotts“ ist schon schön anzuhören, auch ohne dass man weiß, dass er übersetzt „Schnörkel & Kleckse“ bedeutet. Da hat man doch sofort den Geruch nach Pergament und Tinte in der Nase, wenn man das hört, oder?

Der Name des Zaubertranks „Felix Felicis“ bedeutet wörtlich aus dem Lateinischen übersetzt „der Glückliche des Glücklichen“. Der Glückspilz, der den Trank zu sich nimmt, kann sich wahrlich als solcher bezeichnen!

Der Verlag Bloomsbury zensierte vor dem Druck Rons Kraftausdrücke, da diese für ein Kinderbuch mehr als ungeeignet waren.

Neville besitzt wegen eines Übersetzungsfehlers in der spanischen Ausgabe keine Kröte, sondern eine Schildkröte.

Percy gibt gerne mit dem besonderen Können seines Bosses Barty Crouch an, der angeblich mehr als 100 Sprachen spricht, darunter auch „Gobbledegook“, die Koboldsprache. Und ob du es glaubst oder nicht: Diese „Sprache“ gibt es wirklich! Na ja … jedenfalls bezeichnet der Begriff im Englischen besonders komplizierte Fach- und Behördensprachen. Mr. Crouch spricht also fließend „Kauderwelsch“.

„Expecto patronum“ ist Latein und heißt übersetzt so viel wie „Ich erwarte meinen Schutzpatron“ oder „Ich rufe meinen Schutzpatron herbei“.

# Unsere Helden auf der großen Leinwand

Die Bücher rund um die Abenteuer von Harry Potter und seinen Freunden wurden seit ihrer Veröffentlichung zu Millionenbestsellern und verzauberten zahllose große und kleine Leser*innen auf der ganzen Welt. Natürlich ließ dann auch eine erfolgreiche Filmadaption nicht lange auf sich warten. In den Jahren 2001 bis 2011 erschienen die acht Filme, die Harrys Geschichte auf die große Leinwand bannen. Riskiere einen Blick hinter die Kulissen und erfahre in diesem Kapitel, mit welchen Zaubertricks Harrys Welt zum Leben erweckt wurde.

# Emma, Daniel, Rupert & Co.

**Über zehn Jahre verbrachten die Schauspieler*innen, die die Schüler*innen und Lehrkräfte von Hogwarts spielen, gemeinsam am Set der „Harry Potter"-Filme. Sie gingen zusammen zur Schule und wurden oft enge Freunde. Kein Wunder also, dass es auch hinter den Filmkulissen viele Anekdoten und Wissenswertes zu den Menschen zu erfahren gibt, die unsere Lieblingsheld*innen im Film verkörpern.**

## ALLER ANFANG IST SCHWER …

Das bekamen auch Emma Watson, Daniel Radcliffe und Rupert Grint zu spüren. Um das beliebte Zauberertrio Hermine, Harry und Ron zu spielen, mussten sie sich zuvor gegen Tausende andere Kinder durchsetzen, die ebenfalls für die Rollen vorsprachen. Um Harrys Rolle hatten sich über 15.000 Jungen beworben und obwohl Daniel der einzige der drei war, der vor den Harry-Potter-Filmen bereits in Filmen gespielt hatte, musste er erst seine Eltern dazu überreden, in das Kostüm des Zauberlehrlings schlüpfen zu dürfen. Diese befürchteten nämlich, dass sein Schulabschluss gefährdet sein könnte, wenn er zu berühmt würde. Emma und Rupert dagegen mussten schon kreativer werden, um überhaupt auf sich und ihre Fähigkeiten aufmerksam zu machen. Rupert verkleidete sich als seine Theaterlehrerin und trug einen selbst geschriebenen Rap darüber vor, warum er seiner Meinung nach perfekt für die Rolle des Ron Weasley passen würde. Emma wurde an ihrer Schule entdeckt und überzeugte sofort mit ihrem Talent.

## IGITT, JUNGS!

Sicher kannst du dich noch gut daran erinnern, wie peinlich es war, mit Einsetzen der Pubertät dem Geschlecht der Begierde auch nur zu nahe zu kommen, geschweige denn einen Jungen oder ein Mädchen zu berühren. Mit 12 Jahren ging es Emma Watson nicht anders, als sie beim Dreh von „Harry Potter und die Kammer des Schreckens" Daniel und Rupert umarmen sollte. Die Szene wurde, weil sie es einfach nicht über sich brachte, schließlich sogar so geändert, dass sie Rupert nur die Hand geben und nur noch Daniel umarmen musste – und zwar viel weniger stürmisch, als eigentlich geplant! Trotzdem ließ sie Daniel immer wieder viel zu schnell los ... also wurde nach dem Dreh ein wenig getrickst und die Szene einfach kurz eingefroren, um die Umarmung zu verlängern.

## MAGISCHE MOTIVATION

Zurecht eine der beliebtesten Hexen von Hogwarts ist die schräge Luna Lovegood. Sie lässt sich einfach durch nichts aus der Ruhe bringen und kümmert sich nicht darum, was ihre Mitschüler von ihr denken. Von ihrer Ausgeglichenheit sollten wir uns alle eine Scheibe abschneiden! Doch wusstest du, dass Evanna Lynch die Rolle der verpeilten Hexe bekam, gerade weil sie sich zu viele Gedanken um ihr Äußeres gemacht hat? Evanna litt nämlich unter Magersucht, als die Bücher herauskamen. Rowling gegenüber gestand sie ihre Krankheit in einem Brief, in dem sie ihr auch schrieb, wie viel die Bücher und besonders Luna ihr bedeuteten. Tatsächlich antwortete ihr die Autorin und ermutigte sie dazu, gegen die heimtückische Krankheit anzukämpfen. Zum Glück hat Evanna diese mittlerweile erfolgreich überwunden und später beim Casting die Rolle der Hexe ergattert, die ihr schon lange so viel bedeutet hat!

## HERMINE UND DRACO – EIN UNGEWÖHNLICHES PAAR?

Wenn man so viel Zeit gemeinsam am Filmset verbringt, wird aus Freundschaft manchmal mehr. Emma Watson gestand, dass sie während des Drehs zeitweise auf ihren Co-Star Tom Felton stand. Sie sagt, dass der Grund dafür eine Zeichnung war, auf der sie alle im gemeinsamen Unterricht darstellen sollten, wie sie sich Gott vorstellen. Tom fertigte ein Bild von einem Mädchen an, das mit einer verkehrt herum aufgesetzten Baseballcap Skateboard fährt. Das lässt sicher nicht nur das Herz der jungen Emma höher schlagen!

## TOM RIDDLE AKA NEWT SCAMANDER?!

Eddie Redmayne, den heute jeder eingefleischte Potterhead als Newt Scamander kennt, wäre uns beinahe schon vor „Phantastische Tierwesen und wo sie zu finden sind“ im Harry-Potter-Universum begegnet. Der Schauspieler hatte nämlich für die Rolle des jungen Tom Riddle/Lord Voldemort in „Harry Potter und die Kammer des Schreckens“ vorgesprochen. Allerdings erhielt er nie einen Rückruf. Umso besser für alle Beteiligten, dass er so die Chance erhielt, sich als sympathisch-skurriler Hauptcharakter Newt Scamander zu beweisen. Und die Rolle steht ihm einfach ganz ausgezeichnet!

## „MID-SERIES-KRISE“

Wie Emma Watson im Jubiläumsspecial „Harry Potter – 20th Anniversary: Return to Hogwarts“ verriet, hatte sie vor den Dreharbeiten zu „Harry Potter und der Orden des Phönix“ eine kleine „Mid-Series-Krise“. Der enorme Druck, der damit einherging, wie berühmt sie durch ihre Rolle als talentierte Hexe geworden war, brachte sie dazu, über einen Ausstieg aus der Filmreihe nachzudenken. Und damit war sie auch nicht alleine! Auch Rupert hatte zur gleichen Zeit ähnliche Gedanken. Wie gut, dass beide ihre Ängste und Unsicherheiten überwinden konnten und trotz des frühen Rampenlichts so starke Persönlichkeiten entwickelt haben.

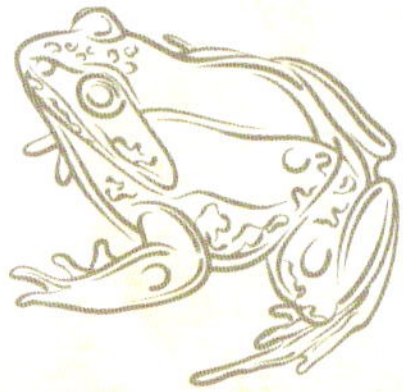

## NASCHKATZE

Kaum zu glauben, aber dem arroganten Draco Malfoy mussten am Set von „Harry Potter und der Gefangene von Askaban“ immer wieder die Taschen des Zaubererumhangs zugenäht werden. Schauspieler Tom Felton konnte es einfach nicht lassen, darin Süßigkeiten und Snacks zu verstauen.

## KNUTSCHMARATHON

Vor laufender Kamera jemanden zu küssen, ist sicherlich nicht besonders angenehm. Manchen fällt das aber offensichtlich leichter als anderen: Ron und Hermines Kuss im letzten Film war nach nur sechs Versuchen im Kasten, während Ginny und Harry etwa zehn Anläufe brauchten. Am schwierigsten scheint es bei Harrys erstem Filmkuss mit Cho Chang gewesen zu sein. Ganze 30-mal musste die Kussszene gedreht werden, bis der Regisseur zufrieden war.

Auch der Kuss zwischen Daniel Radcliffe und Emma Watson lief nicht ganz rund: Rupert Grint, der von außen zusehen durfte, als die Szene gedreht wurde, musste so sehr lachen, dass er des Sets verwiesen wurde.

## MULTITASKING

Immer, wenn du Harry, Ron und Hermine in den Filmen Hausaufgaben machen siehst, sind das die echten Schulaufgaben der Schauspieler, die die Drehzeit zum Lernen nutzen.

# Quick Facts

## Über unsere Leinwandstars

Jason Isaacs hatte gerade erst die Rolle des bösen Captain Hook in „Peter Pan" gespielt, als er zum Vorsprechen für den fiesen Todesser Lucius Malfoy eingeladen wurde. Eigentlich hatte er zu diesem Zeitpunkt überhaupt keine Lust auf eine weitere Rolle als Bösewicht. Bei seiner Audition war er deshalb auch besonders schlecht drauf und widerwillig – was ihm jedoch nur geholfen hat, die Rolle zu bekommen.

Ian McKellen, der in den „Herr der Ringe"-Filmen den Zauberer Gandalf spielte, lehnte den Part Dumbledores nach dem Tod von Richard Harris ab, da die Rolle seiner Meinung nach der von Gandalf zu sehr ähnelte und er wusste, dass Richard Harris dagegen gewesen wäre. Dieser hatte McKellen nämlich einmal als „leidenschaftslosen Schauspieler" bezeichnet. Nicht sehr nett!

Die Schauspieler, die Lucius Malfoy, Arthur und Molly Weasley und Bellatrix Lestrange spielten, blieben am Set auch in den Drehpausen meistens in ihren Rollen. Jason Isaacs, also eigentlich Lucius Malfoy, war dabei so überzeugend, dass er durch seine besonders kalte und abweisende Art Tom Felton, seinem Filmsohn, eine ziemliche Angst einjagte. Was für ein Talent!

Wo immer der Junge, der überlebte, auftauchte, umgab ihn Blitzlichtgewitter … na ja, zumindest das Blitzlicht der Kamera des jungen Colin Creevey, der im 2. Schuljahr Harrys größter Fan war. Doch wusstest du auch, dass der Schauspieler Hugh Mitchell, der den jungen Colin damals spielte, heute als professioneller Fotograf sein Geld verdient?

# Muggeltechnik und -Requisiten

**Im Jahr 2000 begannen die Dreharbeiten zu „Harry Potter und der Stein der Weisen“. Selbstverständlich gab es auch damals schon die Möglichkeit, digitale Spezialeffekte einzusetzen (ein Quidditch-Turnier auf fliegenden Besen wäre sonst wohl leider schwer zu filmen). Doch viele magische Szenen wurden tatsächlich ganz ohne Computertechnik gedreht und auch bei den Requisiten haben sich die Filmemacher ganz besonders viel Mühe gegeben. Hier ein paar Beispiele:**

## TÄUSCHEND ECHT ...

Der Phönix Fawkes, der in Dumbledores Büro lebt, war nicht animiert, sondern eine Maschine. Er besaß eine Kamera und konnte mithilfe einer Fernbedienung gesteuert werden. Seine Reaktion auf seine Umgebung war so gut, dass Michael Gambon, der ab dem dritten Film Dumbledore spielte, glaubte, es würde sich um ein echtes Tier handeln und sich wunderte, wie man Tiere so gut trainieren könnte.

## ... UND ENTTÄUSCHEND UNECHT

Die meisten Lebensmittel, die im Film zu sehen sind, waren nicht zum Verzehr geeignet. Die Leckereien bestanden größtenteils aus verziertem Kunstharz, der allerdings täuschend echt aussah! Und der sicherlich ziemlich an den Zähnen klebt ...

Manchmal wurde aber auch geflunkert: Die Süßigkeiten im Honigtopf waren beispielsweise echt. Das Filmteam machte den jungen Schauspielern aber weis, dass es sich dabei auch um künstliche Leckereien handele, um sie davon abzuhalten, während der Arbeit die Setdeko zu vernaschen.

## AUF, AUF UND DAVON

Nun, jeder Zauberer kann mal die Nerven verlieren ... Das weiß Harry besser als andere, schließlich hat er in „Der Gefangene von Askaban" seine Großtante Magda aufgeblasen. Diese eindrückliche Szene wurde, bis auf das Retuschieren von Seilen und Drähten, gänzlich ohne computeranimierte Effekte gedreht. Die Schauspielerin Pam Ferris wurde bloß immer „dicker" geschminkt und trug später einen aufblasbaren Fatsuit, an dem sie mithilfe von Seilen zur Decke gehoben wurde.

## MINALIMA

Die Grafikdesigner Miraphora Mina und Eduardo Lima, kurz MinaLima, die unter anderem auch die Karte des Rumtreibers und die Ausgaben des „Tagespropheten" entwarfen, sind auch verantwortlich für das Design von etwa 300 Produkten, die in der Szene in Weasleys Zauberhafte Zauberscherze im Hintergrund zu sehen sind.

## MAGISCHER ALLTAG

In der Szene, in der Harry das erste Mal den Fuchsbau betritt, wird er von sich selbst spülenden Pfannen, in der Luft arbeitenden Stricknadeln und selbstständig schneidenden Messern begrüßt. Auch hiervon entstand nichts am Computer, sämtliche Requisiten waren mechanisch und sind heute bei der Studiotour in Leavesden zu bewundern.

## KLEIDER MACHEN LEUTE

Kostüme sind im Film ein wichtiges Instrument, um die Geschichte und Persönlichkeit der Charaktere zu zeigen, die sie tragen. Ist dir zum Beispiel aufgefallen, dass der schwarze Umhang des dunklen Lords mit jedem zerstörten Horkrux immer mehr verblasst, bis er am Ende nur noch grau ist? So wirkt Lord Voldemort immer schwächer und „blasser". Auf der anderen Seite wird die Farbe der Kleidung von Dolores Umbridge immer kräftiger, je mehr Macht sie bekommt. Ist sie in ihrer Position als Hogwartsprofessorin noch eher rosa, zeigt sie sich als Ministerin im Zaubereiministerium in knalligem Pink.

## SCHMEICHELNDE BILDNISSE

Sicherlich erinnerst du dich an die vielen, vielen Porträts von Hexen und Zauberern, die die Gänge von Hogwarts zieren. Was du vielleicht noch nicht wusstest, ist, dass diese nicht nur alle von Hand gemalt wurden, sondern dass für die Porträts auch Mitglieder der Crew Modell stehen durften. So finden sich Bildnisse des Produzenten, einiger Regisseure, Kameramänner und -frauen und vieler wichtiger Leute, die im Hintergrund daran arbeiteten, dass die Filme so toll geworden sind.

Die Porträts befinden sich übrigens in illustrer Gesellschaft: Es wurden nämlich auch Kopien von Bildern bekannter Persönlichkeiten hineingeschmuggelt, zum Beispiel des Dichters Lord Byron oder der (geköpften) Königin Anne Boleyn.

## BERÜHMTER POTTERHEAD

Ein ganz besonderes Harry-Potter-Requisit befindet sich in Liam Paynes Garten, dem ehemaligen One-Direction-Sänger. In einem Interview erzählte er, dass er sich den blauen Ford Anglia gekauft hat, mit dem Ron und Harry in „Harry Potter und die Kammer des Schreckens“ nach Hogwarts fliegen, nachdem Dobby den Zugang zu Gleis 9 ¾ verschlossen hatte. Dafür musste er angeblich aber auch eine sechsstellige Summe bezahlen.

## SLYTHERIN-VANDALEN

Nach den Dreharbeiten zu „Harry Potter und die Kammer des Schreckens“ wurde der Hogwartsexpress in einem Eisenbahndepot untergebracht. Allerdings wurde dieses anscheinend nicht sonderlich gut bewacht, da sechs Jugendliche es schafften, sich Zutritt zu verschaffen und die Scheiben des Zuges zu zerschlagen und ihn mit grün-silberner Farbe zu beschmieren. Dabei haben sie einen Schaden im Wert von 50.000 £ verursacht.

# Quick Facts

## Requisiten

Das magische Auge von Mad Eye Moody war ein mechanisches Requisit, das magnetisch aufgeladen und ferngesteuert wurde.

Der abenteuerlich hohe Fahrende Ritter wurde aus drei alten Doppeldeckerbussen zusammengebaut.

Daniel Radcliffe verbrauchte während der Dreharbeiten 70 Zauberstäbe und 160 Brillen.

Für den spektakulären Raub aus Bellatrix Lestranges Verlies in Gringotts wurden über 210.000 Goldstücke hergestellt. Ein wahrer Goldregen!

Die Riesenspinne Aragog ist ein Werk der Animatronik und jedes seiner sechs Beine wurde jeweils von einem Menschen gesteuert. Der arme Rupert muss beim Dreh Todesängste ausgestanden haben!

Für die Nahaufnahmen wurde das Treppenhaus von Hogwarts maßstabsgetreu nachgebaut und die Treppen ließen sich per Hydraulik verschieben.

Harrys treue Begleiterin Hedwig wurde von insgesamt vier verschiedenen Eulen gespielt und Rons heimtückisches Haustier Krätze von mehr als 12 Ratten.

Lunas Look ist legendär. Aber wusstest du, dass Evanna Lynch mithalf, einen Teil der Outfits und Accessoires zu gestalten? Die Rettich-Ohrringe bastelte sie beispielsweise selbst.

# Team Buch oder Team Film?

**Das habe ich mir aber ganz anders vorgestellt! Leider wird keine Verfilmung je den Vorstellungen aller Leser*innen entsprechen können. Hier findest du einige kuriose Unterschiede zwischen Filmen und Büchern.**

## DIE EULE, DEREN NAME NICHT GENANNT WERDEN DARF

In „Harry Potter und der Stein der Weisen" wimmelt es nur so von fliegenden Briefen und gefiederten Freunden. Und auch die berühmteste Eule von allen ist natürlich bereits an der Seite des Jungen, der überlebte, zu sehen. Doch fiel auch nur einmal ihr Name? Nein, Hedwig wird dem Publikum im ersten Film nie offiziell als solche vorgestellt. Verrückt!

## DER UNTALENTIERTE MR. POTTER

Doch nicht nur Hedwig wirkt im ersten Film noch ein wenig blass. Auch Harry kommt, bei genauerer Betrachtung, nicht allzu gut weg. Schließlich spricht er im gesamten ersten Film keinen einzigen funktionierenden Zauberspruch.

## POSITIONSWECHSEL

Harry erfährt in den Filmen, dass ihm das Talent zum Quidditchspielen im Blut liegt, als Hermine ihm die Medallie seines Vaters zeigt. Hier wird James Potter, wie später sein Sohn, als erfolgreicher Sucher dargestellt. Allerdings bekräftigte J. K. Rowling in einem späteren Interview, dass er tatsächlich Jäger war.

## DU HAST DIE AUGEN DEINER MUTTER … ODER ETWA NICHT?

Harry wird immer wieder darauf angesprochen, dass er die grünen Augen seiner Mutter geerbt habe. Allerdings vertrug Daniel die Kontaktlinsen nicht, weswegen Harrys Augen im Film, wie die des Schauspielers, blau sind. Für Rowling war das kein Problem, ihr war nur wichtig, dass Harry und seine Filmmutter die gleiche Augenfarbe haben. Im letzten Film ist den Filmemachern aber dann doch ein kleiner Fehler unterlaufen: Ellie Darcey-Alden, die junge Schauspielerin, die Harrys Mutter Lily in Snapes Rückblenden als Kind verkörpert, hat nämlich braune Augen!

## DIE SCHÖNE AUSSENSEITERIN

Hermines Gesicht ist heute unwiderruflich mit Emmas Schönheit verbunden. Erinnert ihr euch aber noch daran, dass sie in den Büchern wegen ihrer buschigen Haare und übergroßen Zähne eigentlich alles andere als eine Schönheit im klassischen Sinne ist? Tatsächlich war auch geplant, dass Emma eine Zahnprothese trägt, allerdings konnte sie mit dieser nicht deutlich genug sprechen, weswegen man sie dann einfach wegließ.

## WER IST DENN NUN DER HALBBLUTPRINZ?

In „Harry Potter und der Halbblutprinz“ wird viel darüber spekuliert, wer wohl der Halbblutprinz sein könnte und wie er zu seinem Spitznamen gekommen ist. Doch ist euch mal aufgefallen, dass dieses Rätsel nur im Buch gelöst wird, nicht aber im Film? Dort wurde die Information, dass Snapes Mutter mit Nachnamen Prince hieß, einfach unter den Tisch fallen gelassen.

## LUSTIGE KNETFIGUREN UND SINGENDE ZAUBERSTÄBE

Wenn du heute an Harry, Ron und Hermine denkst, dann hast du ganz sicher gleich die Gesichter von Daniel, Rupert und Emma im Kopf, oder? Doch das hätte auch ganz anders kommen können. Stell dir die drei bloß mal als witzig animierte Gestalten oder sogar singend vor, wie sie so auf ihren Besen umherfliegen und die Zauberstäbe schwingen. Irgendwie ein bisschen albern, oder? Doch zwei große Berühmtheiten sahen das völlig anders: Der bekannte amerikanische Regisseur Steven Spielberg hatte tatsächlich vor, die Harry-Potter-Bücher als Animationsfilme herauszubringen, und der legendäre „King of Pop" Michael Jackson hatte schon Pläne für ein Harry-Potter-Musical in der Schublade! Beide Vorschläge wurden von der Autorin Rowling höflich abgelehnt.

Zwei Menschen haben es dann doch durchgezogen mit dem Musical. Allerdings hatte das sicher nichts ungewollt Komisches an sich, wie es vielleicht bei den oben genannten Beispielen der Fall gewesen wäre. Nein, Darren Criss und A. J. Holmes haben es sogar darauf angelegt, dass die Leute über ihre Adaption lachen, denn „A Very Potter Musical" ist eine Parodie! Die war so erfolgreich, dass sogar noch zwei weitere Teile gedreht wurden: „A Very Potter Sequel" und „A Very Potter Senior Year".

## FANFICTION IM GROSSEN STIL

Wusstest du, dass es auch ein Prequel zur Harry-Potter-Filmreihe gibt? Nein, nichts Offizielles natürlich! Tatsächlich hat sich Warner Bros bereits an dem Versuch, diesen Film zu drehen, so sehr gestört, dass die von den Filmemachern Gianmaria Pezzato und Stefano Prestia ins Leben gerufene Crowdfunding-Kampagne gestoppt werden musste. Zum Glück hatten die beiden aber nie vorgehabt, mit dem Streifen überhaupt Geld zu verdienen, weshalb sie dann doch noch die Erlaubnis bekommen haben, den Film zu drehen. Heute ist „Voldemort: Origins of the Heir" auf dem YouTube-Kanal von Tryangle Films zu sehen. Aktuell (Stand 2022) haben den Kurzfilm über 18 Millionen Menschen gesehen!

# Quick Facts

## Hinter den Kulissen

Emma Watson hatte bei den Dreharbeiten zu „Harry Potter und der Stein der Weisen“ ihren Hamster dabei, der allerdings kurz darauf starb. Für seine Beerdigung wurde extra ein winziger Sarg gebastelt.

Im Abspann von „Harry Potter und der Feuerkelch“ ist folgender Hinweis zu lesen: „No dragons were harmed in the making of this movie.“

Bellatrix Lestrange sieht sich als Voldemorts loyalste Anhängerin und „rechte Hand“. Daher steht sie in den Filmen immer zu Voldemorts rechter Seite.

Erinnerst du dich an die Rangelei, die zwischen den Weasley-Zwillingen ausbricht, nachdem sie erfolglos versucht haben, die Alterslinie des Feuerkelchs zu überqueren? Um die Schauspieler zu einem realistischer wirkenden Kampf zu animieren, demonstrierte Regisseur Mike Newell die Schlägerei und brach sich dabei mehrere Rippen.

Regisseur Alfonso Cuarón gab den drei Kinderschauspielern den Auftrag, einen kurzen Aufsatz über ihre jeweiligen Rollen zu schreiben. Emma schrieb ganze 16 Seiten über Hermine, Daniel bekam hingegen nur eine Seite über Harry zusammen. Rupert hat seinen Aufsatz über Ron nie abgegeben – typisch!

Als die letzte Szene von „Harry Potter und die Heiligtümer des Todes – Teil 2“ im Kasten war und „Schnitt“ gerufen wurde, brachen alle am Set in Tränen aus.

# Reale Schicksalsschläge

**So mitreißend die Handlung der Harry-Potter-Saga auch ist, so kann doch keine Erzählung mit dem wahren Leben mithalten. Und auch rund um den Dreh der Filme ereignete sich so mancher Schicksalsschlag!**

## DAS RISKANTE LEBEN EINES STUNTMANS

Wie dankbar die Schauspieler ihren Stuntleuten sein müssen, dass diese für sie die gefährlicheren Parts übernehmen, hat bei den Dreharbeiten der Harry-Potter-Filme wohl niemand so eingebläut bekommen wie Daniel Radcliffe. Bei den Dreharbeiten zu „Harry Potter und die Heiligtümer des Todes" stürzte Daniels Stuntman David Holmes während einer Probe und verletzte sich dabei so schwer an der Wirbelsäule, dass er seither im Rollstuhl sitzt. Er und Daniel sind bis heute eng befreundet.

## EIN BISSCHEN EMOTIONALE ERPRESSUNG

Der Schauspieler Richard Harris, der in den ersten beiden Filmen als Dumbledore zu sehen ist, starb danach an der Krankheit Morbus Hodgkin. Er wusste bereits, dass er sterben würde, als er die Rolle annahm. Dies tat er seiner damals elfjährigen Enkelin zuliebe, die damit gedroht hatte, ansonsten nie wieder mit ihm zu reden. Harris' zu Ehren spielte sein Nachfolger Michael Gambon die Rolle des Dumbledore mit leicht irischem Akzent.

## KÄMPFERNATUR

Wusstest du, dass Maggie Smith, die Minerva McGonagall darstellt, Brustkrebs hatte? Und dass sie ihre Diagnose kurz vor den Dreharbeiten zu „Harry Potter und die Heiligtümer des Todes – Teil 2" erhielt? Trotz ihrer Chemotherapie und ausgefallener Haare zog sie die Dreharbeiten bis zum Schluss durch und verteidigte als taffe Professorin für Verwandlung Schüler und Schule in der Schlacht um Hogwarts.

# Zauberei in der Welt der Muggel

In dem Moment, in dem die Geschichte so erfolgreich ist, dass sie wiederum Einfluss auf die Realität nimmt, kann man sich als Autor oder Autorin ganz sicher sein, dass man etwas ganz Besonderes erschaffen hat. Mit dem bahnbrechenden Erfolg der Harry-Potter-Bücher und -Filme breitete sich eine große Welle Magie über die Welt der Muggel aus. Es findet sich wohl kaum jemand, der oder die nicht sehnlichst auf den Einladungsbrief nach Hogwarts gewartet hat, oder nicht genau weiß, in welches Schulhaus er oder sie gehört. Ja, es gibt sogar Muggel, die in der Öffentlichkeit voller Stolz ihre Slytherin-Schuluniform tragen!

# Reale Vorbilder

**Bei der Schöpfung ihrer Figuren hat sich Joanne K. Rowling nicht nur von literarischen Quellen inspirieren lassen. Für einige der Helden und Bösewichte standen tatsächlich auch ganz reale Menschen Pate. Welche genau? Das verraten wir dir im folgenden Kapitel ...**

## IN GEDENKEN AN NATALIE MCDONALD

Zu Beginn von Harrys viertem Schuljahr wird ein Mädchen namens Natalie McDonald vom sprechenden Hut nach Gryffindor geschickt. Der Fast Kopflose Nick applaudiert daraufhin begeistert. Weitere Erklärungen liefert das Buch nicht. Doch wie die Autorin später erläuterte, geschah dies in Gedenken an die 9-jährige Kanadierin Natalie McDonald, die ein großer Fan der Harry-Potter-Bücher war, allerdings vor Veröffentlichung des vierten Bandes an Leukämie verstarb. Zuvor hatte eine Freundin ihrer Mutter noch einen Brief an Rowling geschrieben, in dem sie sie darum bittet, dem Mädchen den weiteren Verlauf der Geschichte zu verraten. Leider erreichte der Brief die Autorin zu spät. Sie antwortete umgehend in einer ausführlichen Mail, doch das Mädchen war einen Tag zuvor bereits verstorben. Rowling freundete sich mit Natalies Mutter an, die erst beim Lesen des vierten Bandes davon erfuhr, dass ihre Tochter darin verewigt worden war.

## IN GEDANKEN VERSUNKEN

Professor Binns, der Geist, der das Fach „Geschichte der Zauberei" unterrichtet, basiert auf einem ehemaligen Uniprofessor der Autorin J. K. Rowling. Dieser trug seine Vorlesungen immer mit geschlossenen Augen und auf den Fußballen wippend vor. Die Anwesenheit seiner Schüler und Studenten nahm er dabei kaum wahr. Professor Binns und Rowlings Uniprofessor sind beide unbestritten sehr intelligente Menschen, schweben jedoch auch beide – der eine mehr als der andere – in anderen Sphären als der Rest von uns.

# Quick Facts

## Vorbilder

Gryffindors Jägerin Demelza Robins Name ist abgeleitet vom „Demelza Hospice Care für Children“, einem Kinderhospiz, das Daniel Radcliffe seit Langem unterstützt.

Oh, wie wütend wir stets auf Harrys fiese Mitschülerin Pansy Parkinson waren, die sich sogar Dolores Umbridges Inquisitionskommando anschloss. Man will sich gar nicht vorstellen, dass es solche Personen im wirklichen Leben gibt. Doch laut Rowling wurde die Figur von einem Mädchen inspiriert, mit der sie selbst zur Schule gegangen ist und das andere schikaniert haben soll. Einen Namen hat sie bisher nicht genannt …

Und wo wir gerade von fiesen Schulcharakteren sprechen – jeder von uns hat wohl schon einmal die Bekanntschaft einer furchteinflößenden Lehrkraft machen müssen. J. K. Rowling verewigte ihren ehemaligen Chemielehrer in Gestalt von Professor Snape.

Die Dementoren stehen für Rowlings Depressionen, unter denen sie nach dem Tod ihrer Mutter lange Zeit litt. Auf Pottermore verweist sie selbst auf den heilenden Effekt von Schokolade, deren Konsum jedoch in Maßen erfolgen solle, sowohl bei Depressionen als auch im Falle einer Begegnung mit einem Dementor.

Harrys treuer Begleiter Ron basiert auf Rowlings bestem Freund Sean Harris, dem sie auch den zweiten Band der Buchreihe gewidmet hat. Sean ist Ron nicht nur charakterlich ähnlich, er fuhr als Schüler auch einen Ford Anglia, der für ihn und Joanne als Schüler auf dem Lande wie ein Befreiungsschlag war.

Erinnerst du dich noch an den schrulligen Schaffner des Fahrenden Ritters, Stan Shunpike, und an Ernie Prang, der das rasante Gefährt steuert? Rowling setze damit ihren eigenen Großvätern ein Denkmal, die ebenfalls Ernie und Stan hießen.

# Magische Orte

**Einmal durch die Winkelgasse schlendern, die Schulbibliothek besichtigen oder mit dem Hogwartsexpress über hohe Eisenbahnbrücken rattern? Ja, das geht! Für die fantastischen Orte in den Büchern und die Sets der Filme standen reale Orte Pate, die ein echter Potterhead auch in der Muggelwelt besuchen kann!**

## ZAUBERHAFTE AUSFLUGSZIELE

Die Fußgängerzone Leicester Square in London ist für ihre Filmstatuen aus Bronze bekannt, unter denen sich beispielsweise Bugs Bunny, Mary Poppins, Paddington Bär und Laurel und Hardy befinden. Seit dem Jahr 2020 ist dort auch Harry auf seinem Nimbus 2000 zu sehen. Wenn das kein weiterer Grund ist, der englischen Hauptstadt bald mal wieder einen Besuch abzustatten.

Im Bahnhof King's Cross kann man sich heute vor Potterheads kaum noch retten! Das berüchtigte Gleis 9 ¾ wurde dort an einem der Steinpfeiler verewigt, in dem von nun an auf ewig ein Gepäckwagen feststecken wird.

Das Café „The Elephant House" in Edinburgh, in dem J. K. Rowling an „Harry Potter und der Stein der Weisen" schrieb, wurde im Jahr 2021 beinahe von einem Brand zerstört, ihr Tisch konnte jedoch gerettet werden.

Wenn du schon mal in Edinburgh bist, solltest du dir auch den Friedhof „Greyfriars Kirkyard" nicht entgehen lassen. Dort fand die Autorin Inspiration für die Benennung vieler ihrer Buchcharaktere. Unter anderem befinden sich hier die Gräber von „Mad Eye" Moody, Krummbein dem Kater (der im englischen Original Crookshanks heißt), dem Dichter McGonagall und natürlich der Familie Potter und des Dunklen Lords selbst, Tom Riddle.

Das Glenfinnan Monument kennen wohl die wenigsten namentlich. Aber stelle dir den Hogwarts-Express auf voller Fahrt durch die schottische Landschaft vor, dann hast du es, als echter Potterhead, sofort vor Augen. Das auch als Harry-Potter-Brücke bekannte Viadukt aus dem 19. Jahrhundert wird noch immer von der Dampflokomotive Jacobite Steam Train befahren.

Wer dann immer noch nicht genug magische Orte gesehen hat, kann in Leavesden, in der Nähe von London, die Filmstudios besuchen, in denen die Filmreihe gedreht wurde. Dort betritt man staunend die mächtige Eingangshalle von Gringotts, schlendert auf der Suche nach einem passenden Zauberstab durch die Winkelgasse und begegnet dem Hippogreif Seidenschnabel im Verbotenen Wald.

## BESUCH IN DER WINKELGASSE

Naseblut-Nugat oder doch lieber Würgzungentoffees? Die Scherzartikel der Weasley-Zwillinge sind weit über die Winkelgasse hinaus beliebt. Hinter dem farbenfrohen Design der Boxen und Plakate steckt das Designer-Duo Miraphora Mind und Eduardo Lima. Sie sind für den Look der Harry-Potter- und Phantastische-Tierwesen-Filme zuständig. Seit 2016 kann man ihre Werke im „House MinaLima“ in London bewundern, einer Mischung aus Ausstellungs- und Verkaufsraum.

## HALLEN DES WISSENS

Um die berühmteste Zauberschule der Welt mit eigenen Augen sehen zu können, kannst du verschiedene beeindruckende Gebäude in Großbritannien besichtigen:

Die berühmte Universitätsstadt Oxford beherbergt einige der ältesten und besten Colleges Englands und verströmt die gleiche Aura von Gelehrsamkeit und Tradition wie Hogwarts. Sie diente Rowling mit Sicherheit als Inspiration für die altehrwürdige Schule für Hexerei und Zauberei und fungierte auch als Set für einige der Filmszenen.

In der Durham-Kathedrale, die auf der Liste des UNESCO-Weltkulturerbes steht, wurden einige Außen- und Innenaufnahmen von Hogwarts gedreht. Vor allem die Kreuzgänge erkennt jeder Potterhead sofort.

Das englische Alnwick Castle diente bei Außenaufnahmen als Hogwarts-Kulisse. Hier hatte Harry zum Beispiel seine allererste Stunde im Besenflug bei Madame Hooch, aber auch einige Quidditch-Trainingseinheiten fanden hier statt. Und im Burghof leiteten Harry und Ron die ziemlich unsanfte Notlandung mit dem Ford Anglia ein.

## EIN HÖLLISCHER ORT

Auch Askaban, das Zauberergefängnis, hat ein Äquivalent in der Muggelwelt: Der Begriff setzt sich zusammen aus „Alcatraz", dem Namen des Muggel-Gefängnisses, das sich auch auf einer Insel befindet, und dem hebräischen Wort „Abaddon", das so viel wie „Ort der Zerstörung" oder „Tiefen der Hölle" bedeutet. Doch sicher würde keiner von uns einem der beiden Ort freiwillig einen Besuch abstatten!

# Magie in der Muggelwelt

**Die Welt von Harry Potter verzauberte Leser*innen auf der ganzen Welt und weckte den Wunsch, ein wenig Magie in den Muggel-Alltag zu bringen. Welch großen Einfluss die Geschichte des Jungen, der überlebte, auf unseren Alltag hatte, das zeigen die folgenden Fakten:**

## IMMER DIESE MUGGEL

Seit 2003 steht der Begriff „Muggle" im Oxford Dictionary und seit 2004 findet man „Muggel" auch im Duden. Das ist schon ziemlich verrückt, wenn man sich überlegt, dass Muggel einen Begriff benutzen, den sie gar nicht kennen dürften ... als Muggel.

## VERZAUBERTE POST

Die beliebte Buchreihe hat die britische Post häufiger vor Herausforderungen gestellt. Zum Verkaufstag von „Harry Potter und der Orden des Phönix" lieferte sie ihre Sendungen zum Beispiel mit Sonderbussen aus, damit die Postboten die schweren Bände nicht in ihren Schultertaschen transportieren mussten. Zudem wurden die Bücher in Nachtschichten ausgeliefert, damit die Fans am Morgen des Erscheinungstages schon beim Frühstück mit dem Schmökern anfangen konnten.

Die Post scheint der Autorin die Überstunden jedoch nicht übel genommen zu haben. Zum Erscheinen des letzten Bandes, „Harry Potter und die Heiligtümer des Todes", brachte sie dann sogar eine Briefmarkenserie zu Ehren unserer Lieblingsbücher heraus.

## „WROCK“

Sogar ein neues Musikgenre hat sich gebildet, der sogenannte Wizard Rock, oder auf Deutsch Zauberer-Rock, kurz Wrock. Es handelt sich hierbei um ein Untergenre der Rockmusik, das in den 2000ern aus einer Bewegung der Harry-Potter-Fans heraus entstand und in seinen Texten die Welt der Zauberer und Hexen widerspiegelt. Die bekanntesten Vertreter sind die Bands Harry and the Potters und Draco and the Malfoys, die beide aus den USA stammen.

## SCHULE SCHWÄNZENDE LESERATTEN

Der englische Verlag Bloomsbury, bei dem die englischen Originale der Harry-Potter-Bücher erscheinen, bat die Buchläden vor Erscheinen von „Harry Potter und der Gefangene von Askaban“ darum, die Bücher erst nach Schulschluss zu verkaufen, damit die Kinder nicht die Schule schwänzten.

## BEZWUNGENER MEISTER DES HORRORS

Wovor fürchtet sich ein Horrorautor? Vor Damen in Pink natürlich! Kultautor Stephen King gab in einem Interview an, dass er Dolores Umbridge, mit ihrer mädchenhaften Stimme und ihrem süßlichen Lächeln, für einen der besten literarischen Bösewichte seit Hannibal Lecter halte.

## WENN MAN SCHON NICHT SELBST NACH HOGWARTS DARF …

… ist es wohl das Mindeste, wenigstens in seiner Freizeit ein wenig Zauberer-Schulstoff büffeln zu können! Gut, dass selbst Harrys Schulbücher es (teilweise) bis in die Muggeldruckereien geschafft haben. Mittlerweile kann man sich „Die Märchen von Beedle dem Barden“, „Quidditch im Wandel der Zeiten“ und „Phantastische Tierwesen und wo sie zu finden sind“ sogar in einem gemeinsamen Schuber kaufen.

## ZAUBERHAFTE LECKEREIEN

Lust auf Butterbier, Siruptorte und Kürbissaft? In den Buchhandlungen findest du tolle Kochbücher, mit deren Hilfe du aus den Büchern und Filmen bekannte Köstlichkeiten wie Tante Petunias berühmte Dessert-Kreation und Hagrids Felsenkekse zubereiten kannst.

## KNALLRÜMPFIGE KRÖTER

Schon mal von *Harryplax severus* gehört? Nein? Aber vielleicht hast du bereits eine im Zoo gesehen. Es handelt sich um eine neu entdeckte Krabbenart, die nach Charakteren aus den Lieblingsbüchen des Entdeckers benannt wurde.

## MUGGEL-QUIDDITCH

In der Zaubererwelt ist Quidditch ein rasantes und sehr beliebtes Spiel, das auf Besen hoch in der Luft ausgetragen wird. Nicht immer geht alles unfallfrei aus und auch Harry hat schon schmerzhafte Erfahrungen mit Klatschern und fiesen Gegnern machen müssen. Aber wusstest du, dass es den Zauberersport auch für Muggels gibt?

Seit 2007 haben auch Muggel die Möglichkeit, sich beim Quidditch sportlich zu betätigen. Sie müssen dabei zwar ein wenig improvisieren – statt auf Besen zu fliegen, halten sie Stäbe zwischen den Beinen –, dennoch erfreut sich diese Variante großer Beliebtheit. Seit 2008 werden sogar richtige Weltmeisterschaften ausgetragen. Auch in Deutschland gibt es mehrere erfolgreiche Quidditch-Teams. Vielleicht findest du ja eines in deiner Nähe?

## QUIDDITCH FLIEGT EIGENE WEGE

Autorin J. K. Rowling machte unlängst von sich reden, als sie Äußerungen tätigte, die als transfeindlich gewertet wurden, also transsexuelle Personen abwerten. Die Ligen des Muggelquidditch legen großen Wert auf Inklusion und Gleichberechtigung und nahmen sich diese Aussagen daher sehr zu Herzen. In der Folge gaben die großen US-amerikanischen Dachverbände *Major League Quidditch* und *US Quidditch* bekannt, dass sie sich umbenennen wollen, um sich von der Autorin und ihren Aussagen zu distanzieren. Ein neuer Name steht aber noch nicht fest.

# Quick Facts

## Muggel-Quidditch

Inzwischen gibt es in über dreißig Ländern Quidditch-Ligen.

Eine Quidditch-Mannschaft muss immer zur Hälfte aus männlichen und weiblichen Spieler*innen bestehen.

2016 wurde die Weltmeisterschaft in Frankfurt am Main ausgetragen.

Der Schnatz ist im Muggel-Quidditch kein fliegender goldener Golfball, sondern ein neutraler Spieler, der von seinen Mitspielern gefangen werden muss.

Wer sich beim Quidditch nicht allzu sehr verausgaben will, kann der Sportart aber auch in Form des Computerspiels EA: Quidditch-Weltmeisterschaft nachgehen.

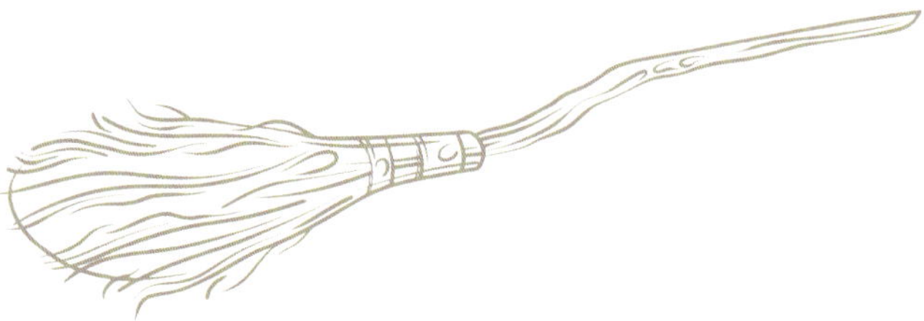

# Quick Facts

## J. „K.“ Rowling

Rowling sieht Hermine als junge Version von sich selbst.

Ihre Lieblingsautorin ist Jane Austen.

Ihr Lieblingstier ist ein Otter – Hermines Patronus.

Seit 2013 veröffentlicht sie unter dem Pseudonym Robert Galbraith eine Krimireihe rund um den Privatdetektiv Cormoran Strike.

Rowling erhielt 2017 für ihre Verdienste um die Literatur von Prinz William den Ehrenorden Order of the Companions of Honour verliehen.

Rowling hat gar keinen zweiten Vornamen. Das „K“ hat sie sich von ihrer Großmutter Kathleen „geborgt“, da der Verlag meinte, mit dem zusätzlichen Buchstaben würde ihr Name besser klingen.

Die Autorin bekam die Filmrolle von Harrys Mutter Lily Potter angeboten, lehnte diese aber ab. Das Schauspielern überlässt sie lieber den Profis.

# IMPRESSUM

Bibliografische Information der Deutschen Bibliothek.

Die Deutsche Bibliothek verzeichnet diese Publikation in der Deutschen Nationalbibliografie.

Detaillierte bibliografische Daten sind im Internet über http://www.dnb.de/ abrufbar.

Alle in diesem Buch veröffentlichten Abbildungen sind urheberrechtlich geschützt und dürfen nur mit ausdrücklicher schriftlicher Genehmigung des Verlags gewerblich genutzt werden. Eine Vervielfältigung oder Verbreitung der Inhalte des Buchs ist untersagt und wird zivil- und strafrechtlich verfolgt. Das gilt insbesondere für Vervielfältigungen, Übersetzungen, Mikroverfilmungen und die Einspeicherung und Verarbeitung in elektronischen Systemen.

Die im Buch veröffentlichten Aussagen und Ratschläge wurden von Verfasser und Verlag sorgfältig erarbeitet und geprüft. Eine Garantie für das Gelingen kann jedoch nicht übernommen werden, ebenso ist die Haftung des Verfassers bzw. des Verlags und seiner Beauftragten für Personen-, Sach- und Vermögensschäden ausgeschlossen.

Bei der Verwendung im Unterricht ist auf dieses Buch hinzuweisen.

EIN BUCH DER EDITION MICHAEL FISCHER

1. Auflage 2022

© 2022 Edition Michael Fischer GmbH, Donnersbergstr. 7, 86859 Igling

Covergestaltung, Layout und Satz: Anna Obermüller

Textredaktion: Janika Krichtel

Lektorat und Projektmanagement: Corinna Scherr

Dieses Buch ist kein offizielles Lizenzprodukt. Es wurde weder von der Autorin J. K. Rowling, ihrem Verlag noch von Warner Bros. Entertainment Inc. autorisiert, genehmigt oder lizensiert.
Achtung: Dieses Produkt ist nicht für Kinder unter 3 Jahren geeignet.

ISBN 978-3-7459-1282-1

Gedruckt bei Druckerei Raisch GmbH + Co. KG, Auchtertstraße 14,
72770 Reutlingen, Deutschland

www.emf-verlag.de

ink

Blood of the Undead

POTION
MAGIC NIGHT
POTION

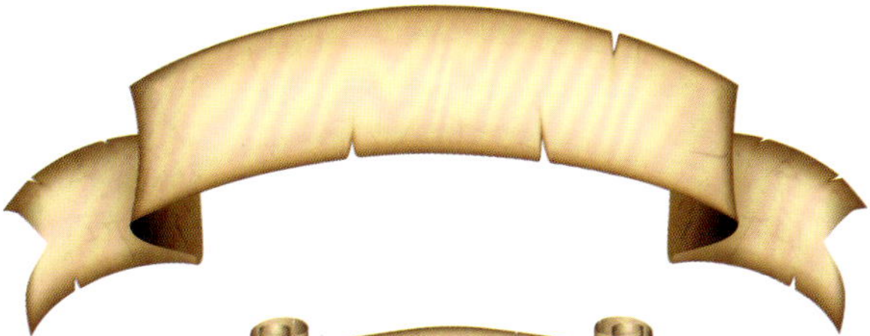
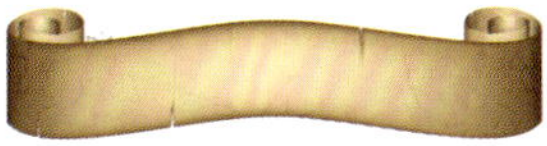
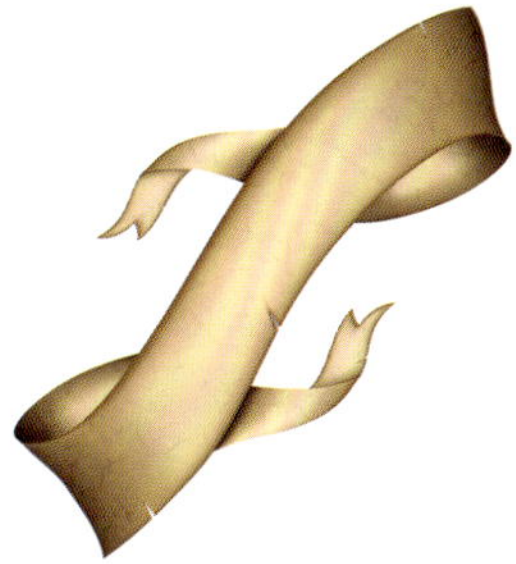
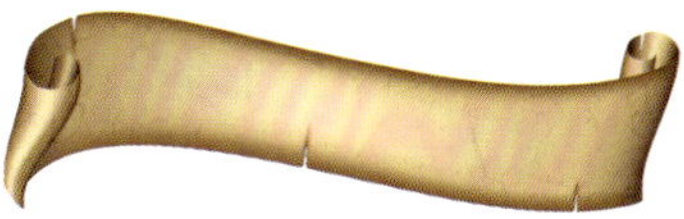
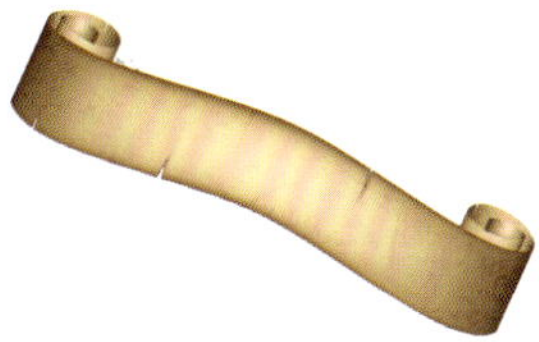
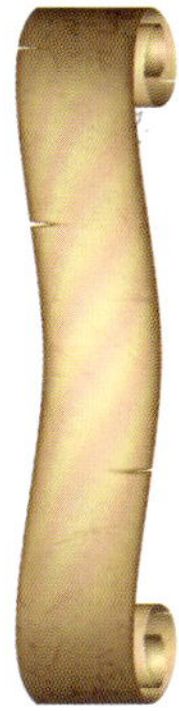
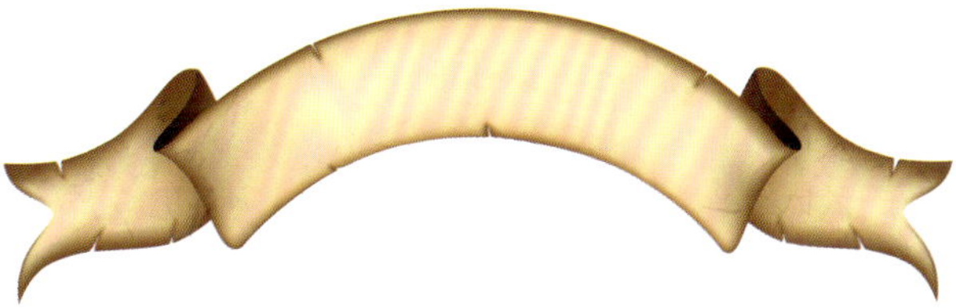
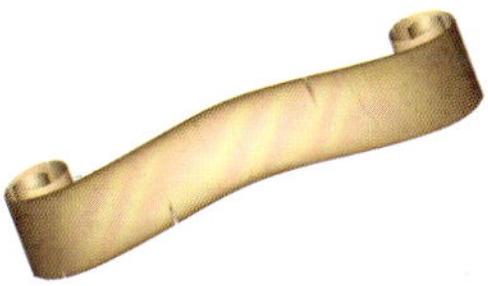
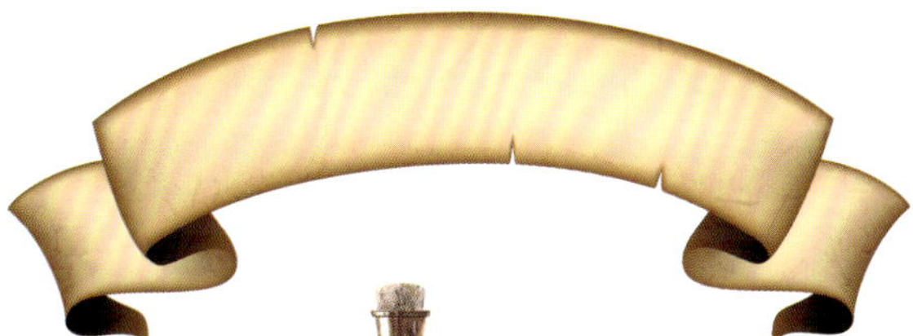
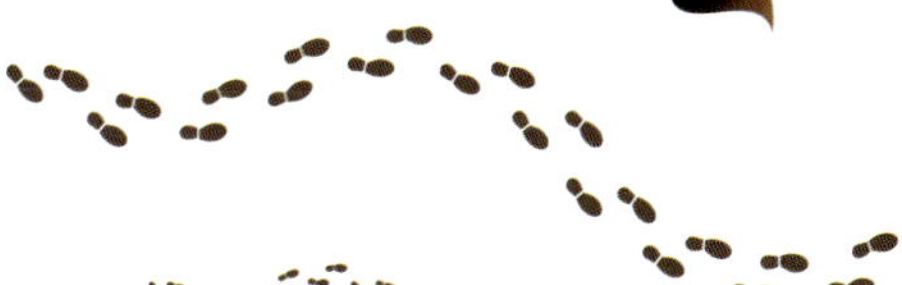

WITCHCRAFT AND
WIZARDRY
SCHOOL
WITCHCRAFT AND
WIZARDRY
SCHOOL
H
H
H
9 3/4
9 3/4
9 3/4
Lumos
Nox
Accio
Lumos
Nox
Accio
EXPELLIARMUS!
Alohomora
Ok
EXPELLIARMUS!
Alohomora
Hello
Wow!
Hi!

Ok

Wow!

Hello

Hi!

I PUT A
Spell
on
You

I PUT A
Spell
on
You

Work
YOUR
magic

JUST
A LITTLE
hocus
pocus

JUST
A LITTLE
hocus
pocus

I love you
like
Dobby loves
socks

Magical
vibes

I love you
like
Dobby loves
socks

Always

Always

Make your own magic
You are something Magical
Make your own magic
Make your own magic
Goodbye
always
Goodbye
Yep!
Miss you
OH!
always
THANK YOU
OH!
WOW
YEAH!
Thank you!
HELLO
YEAH!
WOW

Book of Magic
Magic
Muggel
Muggel

MAGIC